그리스 로마 신화에서 세상을 읽다

그리스 로마 신화에서
세상을 읽다

초판 1쇄 인쇄_ 2017년 6월 12일 | **초판 1쇄 발행**_ 2017년 6월 15일
지은이_위대한 저서 읽기 동아리 | **엮은이**_박미진 | **펴낸이**_오광수외 1인 | **펴낸곳**_꿈과희망
디자인 · 편집_김창숙, 윤영화 | **마케팅**_김진용
주소_서울시 용산구 백범로 90길 74, 103동 오피스텔 1005호(문배동 대우 이안)
전화_02)2681-2832 | **팩스**_02)943-0935 | **출판등록**_제1-3077호
E-mail_ jinsungok@empal.com
ISBN_978-89-94648-99-6 43810

강산하 강서영

김남혁 김보연

김승주 김지수

원성욱 임수연

장용훈 정승민

정지원 주민정

최민준

그리스 로마 신화에서
세상을 읽다

위대한 저서 읽기 동아리 **지음** | 박미진 **엮음**

꿈과희망

| 차례 |

신화 속에 숨겨진
인간의 욕망을 읽었다.

그리고
나와 우리를 알게 되었다.

피그말리온의 사랑

「피그말리온과 갈라테이아」
장 레옹 제롬 / 캔버스에 유채 / 88.9 × 68.6cm / 1890 /
뉴욕 메트로폴리탄 미술관

우리가 펼치는 신화 이야기

　요즘에는 때와 장소에 상관없이 핸드폰 게임을 하는 사람을 쉽게 볼 수 있다. 매일 일정 시간을 꾸준히 투자해서 사이버 상에 자신만의 또 다른 세계를 만들어 나간다. 하지만 시간이 날 때마다 핸드폰을 들여다보고 공을 들여야 하다 보니 주변 사람과 대화할 시간은 절대 부족하다. 심지어 게임 속에서 만나는 가상의 인물과는 친밀감과 유대감을 나누지만 현실 세계에서는 은둔자로 사는 사람들도 있다. 그리스 신화 속에서도 그런 인물이 보인다.

　키프로스 섬의 왕이자 조각가인 피그말리온은 여자들을 싫어한다. 여자들은 결점도 많고 불완전한 존재라고 생각한 것이다. 그래서 평생 혼자 살기로 결심한다. 하지만 역설적이게도 그토록 혐오하는 대상이 여자이지만 그가 정성을 다해 만든 조각상은 여자 조각상이다. 실제로 사랑을 주고받을 수 있는 많고 많은 사람(여자)과의 관계는 피하고 두려워하면서, 정작 자신이 만든 여자 조각상과는 사랑에 빠지게 된다.

　피그말리온은 조각상에 온 마음을 다 빼앗기게 되면서 조각상이 정말 여자이기를 바란다. 현실에서 여자를 거부하고 멀리하던 만큼 조각상 여인에게 심취하고만 것이다. 그런 피그말리온의 간절한 바람에 아프로디테가 감동한 탓인지 조각상은 진짜 인간 여인이 되어 피그말리온 앞에 나타난다. 간절한 바람이 현실로 이루어진 것이다. 피그말리온은 그 여인의 이름을 '갈라테이아' 라고 짓는다. 이 얼마나 많은 사람을 가슴 설레게 하는 기적인가! 마음속으로 간절히 바라는 것 한두 가지 없는 사람이 어디 있던가!

이 이야기에서 주목할 것은, 게임에 열중하고 SNS상의 의사소통에 익숙한 우리들의 모습에서 피그말리온을 보게 된다는 것이다. 사실은 외로운 거였구나! 현실에서 상처받고 힘들었던 만큼 게임 속으로 숨은 거였구나! 피그말리온도 사실은 누군가와 간절히 소통하고 싶지 않았을까? 조각을 하는 내내 자신과 사랑을 나눌 수 있는 여인, 그리고 진실한 사랑을 얼마나 간절히 바랐던 것일까!

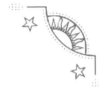

신화에서 유래된 용어

피그말리온 효과(pygmalion effect)

　피그말리온 효과는 학생들에 대한 교사의 태도나 신념이 학생들에 대한 기대감에 영향을 줌으로써 이것이 다시 아동들의 행동에 영향을 준다는 것이다. 머튼(Merton)은 이 현상을 자아충족적 예언이라고 하였다. 즉 담임교사가 "너는 공부를 잘 할 수 있는 우수한 학생이다."라는 기대는 그 학생에 대한 예언적 구실을 하여, 그 학생은 그 예언에 맞추려고 노력한다.

　반면에 "너는 머리가 별수 없다."라는 기대가 전달된다면 그 학생은 일반적으로 그 예언에 맞추려한다. 그리고 학습자 집단에 대해서 교사가 기대하는 방향이나 정도가 학생들의 교육성취도에 영향을 미친다는 것이다. 즉 학생들의 학업성취에 대해서 교사가 긍정적으로 예언하면 긍정적인 결과를 보이지만 부정적으로 예언하면 그 결과도 부정적으로 나타난다.

－〈출처〉네이버 지식백과

생각을 키우는 질문거리

1. 피그말리온은 왜 인간 여자와는 관계를 맺지 못하는가? 그가 보인 인간관계의 어려움에 대해 추측하여 보자.

2. 나의 인간관계를 돌아보자. 나는 인간관계에서 어떤 어려움을 느끼는가?

3. 피그말리온처럼 내가 간절히 바라고 원하는 것이 있는가? 그것은 무엇인가?

신화를 통해 들여다본
우리들의 생각 그리고 삶

인간관계의 어려움, 이렇게 극복하자!

강서영

이 이야기의 주인공인 피그말리온은 여자들을 좋아하지 않는 인간관계의 어려움이 있었다. 나도 피그말리온처럼 인간관계의 어려움이 있다. 그것은 바로 낯선 사람과 대화하면 쉽게 다가가지 못하는 것이다.

중학교에 올라와서도 나랑 같은 초등학교 나온 친구들이 많지 않은데다가 같은 반에 아무도 아는 아이가 없어서 많이 고생했었다. 지금은 친구들과 친해졌지만 내가 먼저 다가가서 친해진 것은 아니다. 하지만 달라진 점이 하나 있다. 그건 내가 상대방에게 먼저 다가가려고 시도하는 것이다. 내가 보아도 그 노력이 보이는 것 같다.

초등학교 때는 같은 학년에서 아는 사람도 조금 있고 원래 친한 아이들이랑 같은 반이 된 적이 자주 있어서 내가 먼저 다가가지 않아도 친구들이 있었다. 그런데 중학교에 올라와서는 아는 아이도 별로 없는데다가 내가 낯가림이 조금 심해서 중학교 생활 적응 기간도 길고 힘들었다. 내가 힘들어 하는 모습을 보고 부모님도 같이 걱정해 주시고 학교생활은 어떠냐고 자주 물어보셨다. 그래서 나는 부모님이 신경을 쓰시지 않게 하려고 조금씩 조금씩 내가 먼저 다가가려고 노력했다.

물론 낯가림이 심한 내가 먼저 다가가는 것은 쉽지 않았다. 내가 말을 걸려고 하면 다른 친구들이 먼저 그 친구에게 다가가 말을 걸어서 시선을 빼앗기곤 했다. 내 마음속에서 갈등을 하다가 말을 걸려고 시도하면 그 아이에게 때마침 일이 생기기도 하였다. 하지만 시간이 지날수록 다른 친구들과의 사이는 멀어지는 것 같고 그럴수록 더욱 외로워졌다. 그래서 이번에는 꼭 먼저 빨리 말을 걸어야겠다고 결심했다. 내가 먼저 말을 거니까 다른 친구들이 나에게 집중해서 귀를 기울여주었다. 그래서 지금은 친구들과 두루두루 다니며 친하게 지내고 있다.

나는 나처럼 낯가림이 심한 사람들에게 이렇게 말하고 싶다. 먼저 다가가서 이야기를 건네 보라고. 피그말리온처럼 인간관계의 어려움이 있어도 자신의 단점을 잘 파악해서 조금씩 용기를 내어보라고 말이다.

피그말리온, 그는 왜 여자를 싫어했을까!

정지원

피그말리온은 빼어난 솜씨를 가진 조각가였으나, 인기가 없었고 피그말리온 역시 여자를 좋아하지 않았다. 여자들은 많은 결점을 가진 불완전한 존재라는 것이 피그말리온의 이유였다. 왜 그렇게 생각했을까? 피그말리온은 왜 여자를 싫어했을까?

우리는 피그말리온이 보인 인관관계의 어려움을 보고 이유를 추측할 수 있다. 신화에는 나오지 않는 내용이므로 이 추측엔 정답이 없다. 무엇이 문제였을까?

첫 번째 추측은 외모이다. 다른 보통 사람들과 달리 유난히 못생겨서 여자들에게 인기도 없고, 그러다보니 피그말리온 역시 이성을 좋아하지 않았을 수 있다. 피그말리온이 원래 여자에게 관심이 없었던 것은 아닐 것이다. 외모로 평가하는 여자들의 반응 때문에 이성에 대한 마음의 문을 닫았을지도 모른다.

두 번째 추측은 자신에 대한 우월감이다. 자신은 잘생겼고, 똑똑하고, 멋지며 뭐든 잘하는 존재이지만, 남은 나보다 훨씬 못하고, 모자란 존재라는 이기적인 마음을 가지고 있지 않았을까? 피그말리온은 '남자는 정치도 하고 힘도 센데, 여자는 집에서 수다만 떨고 거울만 보고 띵가띵가 놀기만 한다. 그러니까 여자는 남자보다 불완전하고 단점이 많다' 라고 생각한 것 같다.

마지막 추측은 이성으로부터의 상처이다. 과거에 피그말리온에게 여자 친구가 있었고 연애를 했을 수도 있다. 그러나 그 여자 친구로부터 큰 상처를 받았을지도 모른다. 예를 들면 갑작스럽게 이별을 통보받았거나, 다른 사람과 바람피우는 장면을 목격한다든지 하는 등의 이유로 상처를 받았을 수 있다. 이에 배신감을 느끼고, 화가 나서 이성에게 흥미를 잃고, 여자는 부족한 존재라고 단정 짓게 되었을 것이다.

피그말리온! 그는 훌륭한 조각가였으나, 여성에 대한 고정관념으로 마음의 문을 닫아버렸다. 자신의 좁은 틀 안에 갇혀버린 것이다. 이유가 무엇이든 간에 자신의 단점을 인정하여 개선하고자 노력하여서 좋은 인간관계를 가지면 좋겠다.

낮가림

임수연

나는 낮가림이 심하다. 하지만 친해지기 시작하면 중간에 말을 끊을 수 없을 정도로 말을 많이 한다. 내 친구들의 말에 의하면 새학기 1주일 정도까지는 굉장히 조용하고 얌전한 아이, 말없는 아이인 줄 알았다고 한다. 그러나 1주일이 지난 후 2주째부터는 점점 친해지기 시작하면 말을 많이 하고, 수다스러운 아이라는 것을 깨달았다고 한다. 나의 진정한 모습은 1주째가 아닌 2주째부터다. 하지만 친구가 아닌 어른이라면, 내 진정한 모습이 나타나기까지 많은 시간이 걸릴 수 있다. 이렇게 나는 낮가림이 매우 심하다. 그러니 아는 친구가 없는 안심중학교에 다니는 것이 굉장히 두렵고 떨리는 마음이었다. 낯가림이 심한 나는 누군가가 다가와주기를 바란다. 그래서 올해 새 학기도, 작년 새 학기도 모두 다 내가 다가가서 친해진 것이 아니라 그 친구가 다가와서 친해진 경우이다. 나는 이런 나의 인간관계의 어려움이 싫다. 그래서 조금씩조금씩 내가 먼저 다가가려고 노력하고 있는 중이다.

새학기 나의 어려움

주민정

나는 성격이 내성적이라서 친구를 사귀는 것이 좀 힘들다. 새 학기가 되면 항상 걱정한다. 친구를 잘 사귈 수 있을지 걱정을 많이 했다. 예전에 같은 반이었던 친구랑 이번에 같은 반이 또 다시 되면 좋겠다는 생각을 많이 했다.

이제는 중학교 1학년이 되니까 마음속으로 '나는 할 수 있다' 라는 말을 계속 생각하며 친구들과 잘 지내보려고 노력했다. 새 학기 첫날에는 잠시 머뭇머뭇 거리다 마침내 처음 보는 친구에게 말을 걸었다. 이 일 때문에 나는 자신감이 생겼다. 나도 노력하면 누구하고든 잘 지낼 수 있다는 것을. 3일 정도 지난 뒤에는 벌써 친구들과 거의 친하게 지낼 수 있게 되었다.

남이 바뀌어야 되는 게 아니라 한번쯤은 나부터 바꿔 봐도 좋다고 생각한다. 성격이 내성적인 친구들에게 이렇게 말하고 싶다. 처음에는 친구를 사귀는 것이 힘들지만 조금씩 조금씩 용기를 내어 말을 걸면, 분명 며칠 정도 지나면 친구들과 팔짱을 끼면서 신나게 뛰어 놀 수 있을 거라고. 힘들게 용기를 내야 하지만 그 대가는 매우 달콤하다.

안타까운 피그말리온의 사랑

강산하

이 세상에는 남자가 남자를 좋아하고 여자가 여자를 좋아하는 경우도 있다. 이들도 그렇지만 신화 속 피그말리온도 자신만의 독특한 사랑을 한다. 아무리 이 세상에 맘에 드는 여자가 없어도 어떻게 자신이 만든 조각상을 사랑하여 결혼까지 하게 될까? 피그말리온은 눈이 좀 높았을 것 같다.

이 세상에는 김태희, 설현, 수지, 아이유, 김유정, 송혜교 등등 예쁜 미모를 자랑하는 여자들이 엄청나게 많은데. 신화 속 그 시대에는 이렇게 예쁜 여자들이 없었나?

그런데 신화는 신화인가 보다. 어떻게 조각상에 생기를 불어넣어 살아 움직이는 여자 사람으로 만들 수가 있지?? 아! 아프로디테 여신이 이 세상에 진짜 있었으면 좋겠다. 나도 이준기나 박보검 같은 연예인을 똑 닮은 조각상을 만들고 아프로디테 여신에게 밤낮으로 빌어서 진짜 사람으로 만들고 싶다. 나만 그런가?

가만히 생각해 보니 피그말리온 같이 자신이 만든 조각상을 사랑해서 결혼까지 생각하는 친구가 내 주변에도 있다. 바로 내 친구 '김○○' 다. 2D에 빠져서 맨날 이해 안 되는 일본 이름을 부르며 "@&*~아!! 사랑해!! 뽀뽀" 이러면서 진지한 표정으로 "야, 나 진짜 나중에 커서 2D 로봇 만들어서 같이 살까?" 라고 한 적도 있다.

솔직히 말해서 둘 다 정신적으로 약간 문제가 있는 것 같다. 이 세상에 많고 많은 게 사람인데, 어떻게 그런 생각을 할 수 있는지. 조각상과 2D는 진짜 현재 생활 속에서 이루어질 수 없는 그런 이상한 행동이라고 생각한다.

지도교사의 수업 후기

    학생들은 피그말리온이 보인 행동 즉, 실제 사람과 소통하고 싶어하지만 어려움을 느끼는 점에 많은 관심을 보였다. 사실 학생들뿐만 아니라 인간이 가지고 있는 본연의 욕망이 바로 사람간의 원활한 소통, 나아가서는 사랑을 주고받는 행위일 것이다. 실제 대부분의 학생들이 대인관계에서 크든 작든 어려움을 가지고 있다고 고백했다.

    3가지 생각거리를 제시하였는데, 학생들이 쓴 글은 대부분 인간관계의 어려움에 대한 글이었다. 피그말리온의 이야기에서 '간절히 원하면 이루어진다'에 초점을 두고 수업을 계획하고 진행할 수 있을 것이다. 생각을 키우는 질문거리에 포함되어 있었지만, 길게 생각을 끌고 나가기 힘들어 하였다. 간단하게 '무엇을 원한다'라고 적고나면 끝이 나는 글이었다. 교사가 좀 더 구체적인 상황이나 예시를 제시하여 주면 학생들이 더욱 쉽게 적어 나갈 수 있으리라 생각한다.

자기 자신을 너무 사랑한
나르키소스

「나르키소스」

카라바조 / 캔버스에 유채 / 110×92cm / 1598~99 /
로마 갈레리아 나치오날레 다르테 안티카

우리가 펼치는 신화 이야기

　인간은 누구나 자기중심적인 면이 있다. 자신의 안위와 행복을 추구하는 존재이다. 하지만 사회적 동물이기에 이러한 자신의 욕구를 다른 사람들과 적절히 조율해 나간다. 자신을 사랑하는 자기애적 성향은 필요하다. 하지만 그것이 지나칠 때 사회적 관계는 깨어지고, 자기 자신이라는 테두리에 갇히고 말 것이다.

　나르키소스는 탁월한 외모를 지닌 인물이었나 보다. 그래서 그를 본 사람들은 그의 우월한 외모에 금방 반해버린다. 나르키소스는 사람들의 그런 반응, 특히 자신을 따라다니며 말 한 마디 못하는 에코를 무시하고 비웃는다. 나르키소스는 수많은 고백을 받은 '잘 나가는 사람' 이지만 상대방의 마음은 전혀 이해하거나 배려하지 못 한다. 나르키소스에게 무참히 거절당한 여인들이 복수의 여신 네메시스에게 눈물로 기도한다. 나르키소스 역시 자신들처럼 누군가를 간절히 사랑하게 해 주시되 그 역시 이루어질 수 없는 사랑으로 뼈저린 아픔을 느끼게 해 달라고 말이다.

　나르키소스는 우연히 들여다본 숲 속 샘에 비친 자신의 얼굴을 보고는 스스로에게 반해버린다. 어느 누구의 사랑도 받아주지 않던 '까도남(까칠한 도시 남자)' 인 그가 자기 스스로에게 도취되어 그만 사랑에 빠진 것이다. 자기 속에 갇혀버린 '꽃미남' 나르키소스 이야기를 통해 오늘을 살아가는 나와 주변 사람들의 모습을 돌아보자.

　나의 자기애적 성향은 어떠한가? 자신에 대한 사랑이 자칫 나르시시즘으로 변질되는 순간을 경험한 적이 있는가? 자신을 사랑하되 경계해야 할 것은 무엇일까?

인류 보편의 감정인 사랑에 대해서도 살펴보자. 누군가 이성을 좋아해 본 경험이 있는가? 상대방이 나의 사랑을 거절하거나 몰라줄 때 우리는 어떤 감정을 느끼는가? 사랑이 미움이나 증오로 변질된 사례가 있는지 찾아보자.

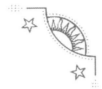

신화에서 유래된 용어

나르시시즘 [Narcissism]

나르시시즘은 그리스 신화에서 호수에 비친 자기 모습을 사랑하며 그리워하다가 물에 빠져 죽어 수선화가 된 나르키소스(Narcissos)라는 미소년의 이름에서 유래되었다. 정신분석학자 프로이트는 이 말을 자아의 중요성이 너무 과장되어 자기 자신을 과도하게 사랑하는 상태를 가리키는 용어로 사용하였다. 즉 자기 자신을 리비도의 대상으로 삼는 인격적 장애의 일종으로 보았다.

흔히 자기 자신에게 심하게 몰입하거나 도취되어 있는 상태를 가리키는 말이다.

생각을 키우는 질문거리

●

1. 나의 '자기애' 정도는 어떠한가? (자기애 측정)

> ☐ 과장되어 있으며, 인정받고 싶은 마음이 지나치다.
>
> ☐ 아름다움에 지나치게 집착하게 된다.
>
> ☐ 주변 사람들에게 과도한 칭찬을 요구한다.
>
> ☐ 자신의 목적을 위해서라면 다른 사람을 이용한다.
>
> ☐ 다른 사람의 감정에 공감하는 능력이 부족하다.
>
> ☐ 다른 사람을 시기, 질투하거나 다른 사람이 자신을 질투한다고 믿는다.
>
> ☐ 자신은 다른 사람보다 우월하다고 생각한다.
>
> ☐ 비판에 대해 수치심을 느끼며 비판하거나 지적하는 사람과 적이 된다.

2. 내 주변에 나르키소스처럼 지나친 자기애를 보이는 사람이 있는가?

3. 나에게는 왕자병, 공주병이 있는가?(= 나도 모르게 스스로에게 도취될 때가 있는가?) 있다면 그때는 언제인가?

4. 에코와 나르키소스의 사랑에 주목하여 보자. 짝사랑의 경험이 있는가?

5. 사랑이 변하여 증오나 미움으로 변한 사례를 찾아보고 이에 대한 자신의 생각을 정리하여 보자.

신화를 통해 들여다본
우리들의 생각 그리고 삶

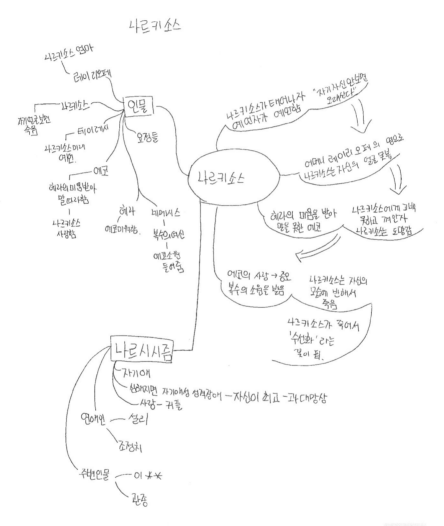

나르키소스

인물

나르키소스 엄마
└ 레이리오페

나르키소스
┌ 자기먼류보면
죽음
├ 테이레시
└ 나르키소스미래
여언.

에코
헤라의 미움받아
말 따라하함
│
나르키소스
사랑함

헤라
에코미워함.

오정들

네메시스
│
복수의여신
│
에코소원
들어줌

나르키소스

나르키소스가 태어나자   "자기자신안보면
예언자가 예언함   오래산다"

어머니 레이리 오페 의 명으로
나르키소스 자신의 얼굴 못봄

헤라의 미움을 받아   나르키소스에게 고백
많은 말 못한 에코   쿡하고 겨안자
                        나르키소스 도망감

에코의 사랑 → 증오   나르키소스는 자신의
복수의 소원을 빌음   모습에 반해서
                        죽음

나르키소스가 죽어서
'수선화'라는
꽃이 핌.

나르시시즘

자기애
심해지면 자기애성 성격장애 ─ 자신이 최고 ─과대망상
└ 사랑─커플

연애인 ─ 설리
│
조정치

주변인물 ─ 이 **
└ 관중

정지원

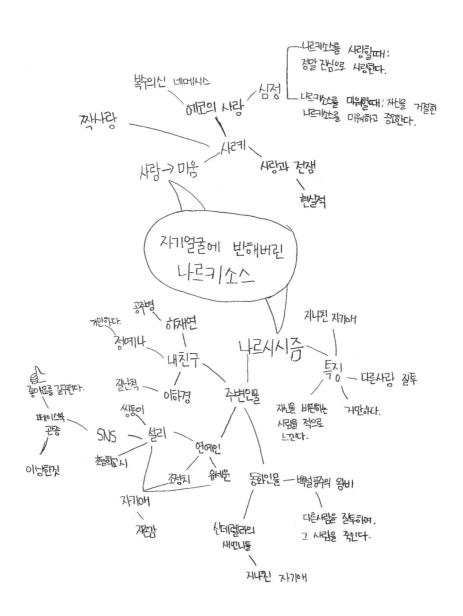

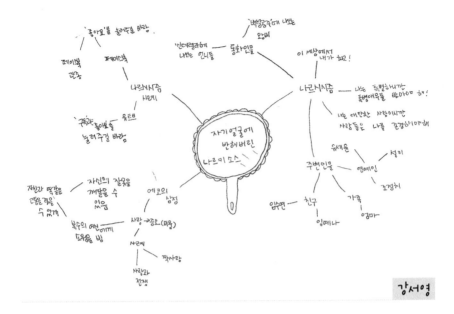

강서영

내 주변의 관종

강산하

주변에 보면 지나친 자기애를 보이는 사람, 흔히 쓰는 말로 간단히 '관종' 인 사람들이 있다. 자신을 너무 사랑하기에 지나친 자신감으로 나서길 좋아 하면 관종이라고 생각한다.

내 주변에 관종. 생각하면 할수록 많다. 우리 반에도 있다. 'ㅇㅇㅇ'이다. 친구들 앞에 나와서 발표할 때 자신이랑 친한 친구 이름을 부르며 웃고, 선생 님이 정보도우미를 찾을 때 'ㅇㅇㅇ'이 나와서 컴퓨터를 만지는데 꼭 나올 때 도 자랑스럽다는 듯이 뒤뚱뒤뚱 걸으면서 나오고. 좀 그런 모습이 관종으로 보인다.

또 다른 반에도 있다. '◇◇◇'이다. 애가 진정한 관종이다. 저번에 예체능으로 사물놀이를 할 때 선생님이 악기를 잘 다룬다고 칭찬하셨는데 그 이후 자신이 대장인 것처럼 행동한다. 박자를 잠시 놓친 친구에게는 나무라듯 소리치면서 자신이 실수할 땐 웃으며 넘어가는 것이 좀 관종처럼 느껴지는 아이다. 얘네 말고도 좀 있지만 더 이상 말하지 않겠다.

내 속의 나르시시즘 찾기

장용훈

1. 나 자신이 못 생기지 않았다고 생각한다.

2. 다이어트를 할 수 있다고 생각한다.

3. 게임을 잘 할 수 있다고 생각한다.

4. 해보지도 않은 것을 쉽게 잘할 수 있다고 생각한다.

5. 관심을 받고 싶어 한다.

지도교사의 수업 후기

나르키소스에 대한 수업은 동아리 활동 초반에 진행한 수업이어서 글쓰기 활동을 본격적으로 시작하기 전이다. 그래서 학생들의 주된 활동도 마인드맵으로 간단히 표현할 수 있도록 하였다.

강산하 학생이 쓴 글과 같은 내용이 더러 있었다. 실명을 밝히지 않았지만 누구누구가 나르시시즘에 빠져 있는 것 같다는 내용이다. 산하의 글을 예로 들어 미안하지만, 권장하는 글쓰기는 아니다. (하지만 누구나 쉽게 공감할 만한 소재임은 분명하다.)

다른 사람의 나르시시즘에 주목하기보다는 자신의 모습 속에 있는 나르시시즘이나 인간 본연의 특성에 집중해서 적을 수 있으면 좋을 것 같다.

황금을 사랑한 미다스 왕의 욕망

「미다스와 디오니소스」

니콜라 푸생 / 캔버스에 유채 / 98×130cm / 1629~30 / 뮌헨 알테 피나코테크

우리가 펼치는 신화 이야기

어느 날 누군가 나에게 '네가 원하는 대로 해 줄 테니 소원 한 가지를 말하라'고 한다면 나는 어떤 대답을 하게 될까? 꿈에도 소원은 '통일'이라고 해야 할까?

소원 들어준다는 이야기 몇 개 떠오른다. 우리가 알고 있는 알라딘의 요술 램프에서 지니는 소원 3가지를 들어준다. 그리고 구약 성서에도 하나님이 솔로몬에게 소원 한 가지를 들어주겠다고 했을 때, 솔로몬은 은과 금이 아니라 지혜를 구한다. 그리고 우리나라 옛날이야기 '소금을 만드는 맷돌'에서도 무엇이든 만들어 내는 맷돌에게 도둑은 당시 돈으로 통용되는 소금을 요구한다.

이처럼 그리스 신화에서도 디오니소스는 미다스 왕에게 소원 한 가지를 들어주겠다고 한다. 미다스 왕은 오늘날 돈으로 통칭되는 '황금'을 무한대로 갖고 싶었나 보다. 자신이 손대는 것마다 황금으로 변하게 해달라는 소원을 말한다. 무엇을 만지든 값비싼 황금으로 변하니 얼마나 황홀했을까! 하지만 물을 마실 수도 없고 심지어는 자신이 사랑하는 딸도 황금으로 변하고 만다. 이렇게 되면 황금이나 돌덩이가 무슨 차이가 있을까!

오늘날 우리는 풍족한 가운데서도 더 많은 물질을 바라고 있지는 않은가? 돈은 사람들에게, 나에게 어떤 의미일까? 돈이 목적이 되어버리는 물질 만능주의의 여러 가지 현상을 찾고 자신의 생각을 정립하여 보자.

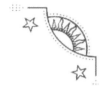

신화에서 유래된 용어

미다스의 손

미다스를 영어로 마이더스라고 한다. 그래서 흔히 '마이더스의 손'이라고 말한다. 손 대는 일마다 큰 성공을 거둬서 엄청난 재정적 이익을 내는 능력자를 일컫는 말이다. 예를 들어, 어느 배우가 출연하는 영화마다 소위 '대박'이 날 경우 그를 마이더스의 손이라고 부른다.

이와 반대로 과한 욕심은 결국 파멸을 가져온다는 탐욕과 욕심에 대한 경계의 의미로도 사용된다. 한 나라의 왕이었던 미다스는 부족함이 없는 생활을 했는데도 불구하고 더 많은 황금을 바라면서 자신의 딸을 잃게 되었기 때문이다.

관련 자료

●

「돈의 인문학」, 김찬호 지음, 문학과지성사, 2011. 21쪽

우리 삶에서 경험되는 돈의 성질은 다양하다. 사람에 따라서, 그리고 상황에 따라서 천차만별의 뉘앙스로 체감된다. 어느 모임에서 '내게 돈은 _____이다' 라는 질문에 빈칸을 채우도록 해보았더니 여러 가지 답이 나왔다.

돈은 철학자다(생각이 깊어지게 만드니까), 돈은 남편이다(있으면 부담되고[돈의 경우 빌려달라는 사람이 자꾸 생겨 부담되고] 없으면 불편하다). 돈은 바람 또는 자식이다(잡힐 만하면 혹 빠져나가고 내가 원할 때는 오지 않고 자기가 오고 싶을 때 마음대로 왔다가 마음대로 가버린다). 돈은 어린아이다(잘 키우면 좋은 사람, 잘못 키우면 나쁜 자식). 돈은 결혼이다(집착하지 말고 적절하게 포기해야 행복한 것). 돈은 혈압이다(많아도 고민이고 적어도 고민이니까). 돈은 보호막이다(다른 사람들에게 무시당하지 않도록 막아주는 것). 돈은 나 자신이다(둘 다 모두 내 뜻대로 안 된다).

생각을 키우는 질문거리

1. 디오니소스가 나에게 한 가지 소원을 묻는다면?

2. 나에게 돈이란 _____ 이다.

3. 돈으로 살 수 있는 것과 없는 것에 대해 생각해 보기

4. 돈 때문에 일어나는 여러 가지 사건 사고 찾아보기

신화를 통해 들여다본
우리들의 생각 그리고 삶

강서영

나에게 돈이란 스마트폰 이다.

스마트폰은 편리하다는 장점이 있지만 중독이 될 수 있다는 단점이 있다. 돈도 필요한 것을 살 수 있는 장점도 있지만 계속 쓰다보면 사치스러워질 수도 있기 때문이다.

임수연

나에게 돈이란 땀 이다.

돈과 땀 모두 열심히 노력해 일하면 생기기 때문이다. 열심히 일해서 돈을 벌 수 있고, 열심히 일하면 땀이 흐르기 때문이다.

원성욱

나에게 돈이란 감옥 이다.

있어도 마음대로 쓰지 못하기 때문이다.

정지원

나에게 돈이란 공기 이다.

살아가는 데 꼭 필요한 것이기 때문이다.

김남혁

나에게 돈이란 권력 이다.

돈이 없다면 남한테 복종해야 하지만 있는 자는 돈으로 권력을 누리기 때문이다.

김보연

나에게 돈이란 물 이다.

사람이 살아가는 데 꼭 필요한 물처럼 돈도 소중하기 때문이다.

김승주

나에게 돈이란 정치 다.

정치도 돈같이 중요하면서도 뭔가 잘못된 것처럼 보이기 때문이다.

최민준

나에게 돈이란 약 이다.

병을 치료하는 약이 될 수도 있고 약물 중독과 같은 결과를 만들기도 하기 때문이다.

주민정

나에게 돈이란 스마트폰 이다.

스마트폰은 우리 생활에서 없어서는 안 될 필수품이기 때문이다.

강산하

나에게 돈이란 생활필수품 이다.

왜냐하면 돈이 없으면 추운 겨울에 거지처럼 집도 없이 바깥에서 구걸을 하며 힘겹게 돈을 벌어야 하고 먹을 것도 제대로 먹지 못하는 그런 혹독한 생활을 해야 하기 때문이다.

   그렇기에 이 생활 속에서 없으면 안 될 꼭 필요한 생활필수품이라고 생각한다.

김지수

나에게 돈이란 초콜릿 이다.

   한 번 먹으면 계속 먹고 싶은 초콜릿과 같이 돈도 쓰다보면 더 많이 가지고 싶고 쓰고 싶기 때문이다.

장용훈

나에게 돈이란 칼 이다.

   어떻게 쓰느냐에 따라 달라지기 때문이다.

내가 바라는 단 1가지 소원이 있다면?

장용훈

다른 사람의 생각을 읽는 능력을 가지고 싶다. 다른 사람의 생각을 읽을 수 있다면 다른 사람이 싫어하는 행동이나 말을 안 할 수 있다. 그러면 친구를 더 잘 사귈 수 있고 다른 사람과 싸울 일도 많지 않을 것이다.

주민정

평생 시험 성적을 평균 90점 이상 받는 것.

최민준

과학자가 되어 인류 진보를 위해 힘쓰는 사람이 되고 싶다.

강산하

북한과의 통일이다. 북한과 통일만 하면 남한과 북한이 서로 협력해가며 경제적인 발전과 과학기술도 협력해서 선진국 중에서도 좀 잘나가는 선진국

이 될 수도 있기 때문이다. 이러한 발전으로 경제이익과 보다 편리한 삶을 살아갈 수 있기 때문이다.

무엇보다 더 큰 장점은 더 이상 북한과의 전쟁이 일어나지 않기에 안전하고 걱정 없이 살아갈 수 있는 평화적인 삶을 살 수 있으며 북한 구경도 할 수 있기 때문이다.

정지원

시험마다 전교 1등, 수행평가는 전과목 A 받는 것.

원성욱

돈이 줄어들지 않고 계속 생기는 것.

임수연

우리 학교 체육복이 바뀌는 것.
우리 학교 머리카락 길이 규정이 없어지는 것.

나에게 돈이 엄청 많다면,
내가 원하는 삶의 모습은?

강산하

보다 편한 삶을 위해 넓은 집과 내가 원하는 맛있는 먹을거리를 원없이 살 것이다. 또한 살림을 도맡아하는 엄마를 힘들지 않게 첨단기술로 만든 살림 로봇을 직접 개발하여 그 로봇을 사용할 것이다. 또 평소 책읽기를 좋아하는 우리 아빠를 위해 아빠 전용 미니도서관과 그 도서관 안에 카페와 식당도 만들 것이다. 또 놀기와 공부하기를 좋아하는 동생을 위해 공부방과 친구들과 맘껏 놀 수 있는 노래방이 붙어있는 놀이방을 만들어줄 것이다. 또 내가 좋아하는 연예인이 방송을 찍을 때 촬영 현장에서 배고플 때 먹을 수 있는 간단한 먹을거리를 푸드 트럭을 통해 보낼 것이다. 이러고도 돈이 조금 남는다면 저축을 조금 시켜두고 정기적으로 아픈 사람들을 위해 기부를 할 것이다.

임수연

나는 돈이 너무 많으면 부담스러울 것 같다. 그래서 2/3정도는 기부를 할 것이다. 기부한 후 남는 돈으로 옷, 신발, 휴대폰 등을 사고 머리를 길러서 파마하기 등 내가 원하는 것을 할 것이다.

장용훈

나에게 돈이 엄청 많다면 행복한 점도 있겠지만, 불행한 점도 있을 것 같다. 사람이 행복하면 더 큰 행복을 원하게 될 것이고, 가지면 가질수록 더 큰 것을 바랄 것이기 때문이다. 인간의 탐욕은 끝이 없다. 돈을 많이 가지면 가진 돈을 잃어버릴까봐 무슨 짓이든 하게 된다. 그 돈을 잃을까 두려워하면 절대 행복할 수 없다. 나에게 많은 돈이 주어지면 나는 그 돈의 절반 넘게 기부할 것이다. 후회하지 않을 것이다. 돈이 너무 많으면 불행해질 수 있기 때문이다.

지도교사의 수업 후기

　'돈' 이라는 소재는 우리의 삶과 밀접한 관련이 있어서 그런지 학생들이 재미있어 하는 소재이다. 누구나 많은 돈을 원한다. 돈이 많이 있다면 진짜 하고 싶은 것이 무엇인지 자신에게 되물음으로써 돈을 객관적으로 바라볼 수 있도록 한다.

　대체로 짧은 글쓰기 활동을 하였다. 좀 더 깊이 있게 진행하고자 한다면 돈과 관련된 짧은 단편 소설 (「나는 죽지 않겠다 」, 공선옥 지음)을 읽고 이야기를 나누어도 좋을 것 같다.

세상을 뒤바꾼 판도라의 상자

「판도라」
존 윌리엄 워터하우스 / 캔버스에 유채 / 91 × 152cm / 1896 /
개인 소장

우리가 펼치는 신화 이야기

태초에 사람이 어떻게 생겨났을까? 도대체 누가, 왜 만들었을까? 그리고 세상살이는 왜 이렇게 힘들고 고달플까? 고대 그리스 사람들도 지금의 우리랑 비슷한 의문이 있었나보다. 인류의 기원을 담고 있는 그리스 신화가 있다.

프로메테우스는 신들의 전유물인 불을 인간에게 가져다 준 죄로 제우스에게 미움을 받는다. 제우스는 인간을 괴롭게 할 목적으로 헤파이토스에게 인간 여성을 만들도록 한다. 그 최초의 여성이 판도라이다. 판도라는 제우스가 금지한 상자(항아리)를 열게 되고, 그 상자에서 죄와 악이 세상 밖으로 쏟아져 나온다.

어디서 많이 본 듯하게 오버랩 되는 장면이 있다. 구약 성서 속에 최초의 여자 '하와' 가 에덴동산에서 하나님이 금지한 선악과나무의 열매를 먹음으로써 죄를 짓게 되는 장면이다.

신화는 당시 사람들의 집단무의식이 반영되어 만들어진 것이라고 한다. 그때나 지금이나 세상살이가 힘들고 팍팍하다 보니 왜 이렇게 우리가 힘들어야 하나 생각하지 않았을까? 그런 생각 끝에 제우스의 미움을 사게 되어 그 상자 속을 들여다본 죄로 이 땅이 여러 가지 몹쓸 것들로 가득하게 되었다는 이야기가 만들어진 건 아닐까 추측해 본다.

신화에서 유래된 용어

판도라의 상자

프로메테우스가 만든 인간에 대해 불만이 많았던 제우스는 인간 여자(판도라)를 세상에 보낼 때 선물인 것처럼 상자 하나를 딸려보낸다. 절대로 열어서는 안 된다는 당부를 하지만 제우스는 판도라가 호기심을 이기지 못하고 상자를 열어보게 될 것을 간파하고 있었다. 제우스는 상자 속에 모든 죄악과 불행의 근원을 가득 넣어 두었다.

판도라는 열어 보지 말라는 제우스의 명령을 어기고 상자를 열어 보게 된다. 생각지 못한 것이 상자에서 쏟아져 나오자 당황한 판도라가 급히 상자를 닫는다. 이때 상자에 마지막으로 남아 있던 것이 '희망' 이다.

알아봤자 좋을 것이 없는 사실, 혹은 너무 궁금하지만 건드려서는 안 되는 일 등을 일컫는 말이다. 뜻밖에 생긴 재앙의 근원을 말할 때 에도 사용한다. '판도라의 상자가 열렸다' 는 표현이 주로 사용된다.

마인드 맵으로 읽은 내용 정리 (모둠 활동)

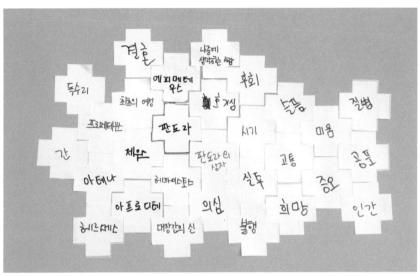

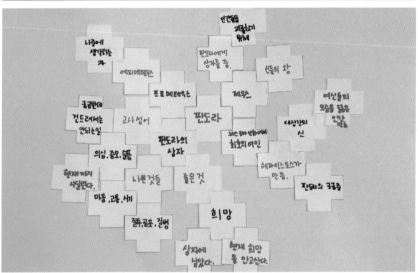

생각을 키우는 질문거리

1. 프로메테우스가 신들의 전유물인 '불'을 인간에게 가져다 준 것은 죄인가?

2. 상자의 마지막에 '희망'이 있다는 건 어떤 의미일까?

> 그 안에 아직도 남아 있다는 희망이 좋은 것인지 나쁜 것인지, 또 그것이 거기 남아 있으니 이 세상에 희망이 있다는 것인지, 아니면 뚜껑이 닫혔으니 이 세상에는 희망이 없다는 것인지...
>
> – 「옛사람들의 세상 읽기: 그리스 신화」, 강대진, 아이세움, 2012. p.53

3. 세상에 죄와 악이 넘치는 것은 여성의 죄인가? 신화 속에 내재된 남성 중심적인 시각을 찾아보자. 그리고 생활 속에서 남녀 차별이라고 느꼈던 경험을 나누어 보자.

4. 하지 말라고 금지하면 더 하고 싶었던 것이 있는가? (지금와서 판도라 상자에 다시 집어넣고 싶은 것

신화를 통해 들여다본
우리들의 생각 그리고 삶

강산하

- 생명을 단축하고 아픔으로 고통받게 하는 질병[암]
- 무섭고 두려운 마음을 만드는 막연한 공포
- 싸움을 만들게 하는 서로에 대한 의심 [친구 사이의 다툼]

원성욱

- 질병 : 고치기 힘든 병
- 고통 : 아픔이나 괴로움을 느끼는 것
- 슬픔 : 부모를 잃은 슬픔, 경제적 슬픔 등

최민준

- 증오
- 고통
- 의심

김보연

- 질병 : 전염병이 유행하면 죽을 수도 있음
- 의심 : 의심을 하게 되면서 서로간의 사이가 나빠짐
- 고통 : 아프면 슬프고 힘들어지기 때문

- 아파서 겪는 고통
- 남을 미워하고 질투하는 마음
- 친구를 믿지 못하게 만드는 의심

- 미움 : 서로의 관계를 멀어지게 하는 것
- 질투 : 친구가 자신보다 잘할 때 느끼는 것
- 의심 : 서로를 믿지 못하고 싫어하게 만드는 것

- 자신의 성공을 위해 다른 사람을 험담하고 시기하고 질투하는 것
- 에볼라, 메르스 등 질병으로 인한 고통
- 도둑질, 살인, 사기 등의 모든 범죄

- 의심 : 자녀를 믿지 못하고 의심하는 것
- 범죄 : 사람을 살인하는 범죄
- 질투 : 친구를 질투하는 것

- 남을 시기하는 마음
- 자신의 이익을 위해 다른 사람을 해치는 범죄
- 정신적 혹은 육체적인 고통

일상에서 느끼는 남녀 차별

〈그림〉

〈글〉
명절때 여자들이 설거지하고 상차리고 정리하는데 남자들은 먹고 TV보고 이야기한다.
남자들이 상차리고 설거지하는 경우를 경험에 거의 못봤다.

정지원

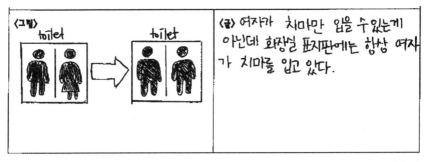

〈그림〉
toilet → toilet

〈글〉 여자가 치마만 입을 수 있는게 아닌데 화장실 표지판에는 항상 여자가 치마를 입고 있다.

임수연

〈그림〉
으아아앙~
남자는 울면 안돼!

〈글〉 남자아이가 울때 부모님들은 남자는 울면 안된다고 하신다.

강서영

자유학기제라서 학교에서 모둠 활동을 할 때가 많다. 그런데 모둠을 구성할 때 어느 선생님께서 남자는 남자끼리 여자는 여자끼리 모둠이 되지 못하게 하셨다. 이유를 여쭤보니 남자애들은 못하니까 잘 하는 여자애들이 도와줘야 한다고 하셨다. 여자애들이 잘 한다는 보장도 없고 남자애들이 못한다는 것도 편견이라고 생각한다.

김지수

하지 말라고 하면 더 하고 싶어지는 인간의 마음

임수연

정지원

강서영

김지수

지도교사의 수업 후기

학생들은 각자 읽은 내용을 모둠원과 함께 마인드맵으로 표현하는 활동을 재미있어 하였다. 글의 형태로 표현하기보다 비주얼 씽킹(Visual Thinking)을 활용하여 자신의 생각을 간단한 글과 그림으로 표현하도록 하였다.

천 년을 살다간 시빌레

「쿠마에의 무녀」

도메니키노 / 캔버스에 유채 / 123 × 89cm / 1616–17 / 로마 보르게세 미술관

우리가 펼치는 신화 이야기

인간의 삶은 유한하다. 그래서 인간은 무한한 삶을 꿈꾼다. 영생불사의 삶. 신화에 나오는 신들처럼 죽지 않고 영원히 살고 싶은 마음이 우리 인간에게 있다. 그 때문에 중국의 진시황제는 불로초를 찾아 다녔고, 오늘날 우리는 의학의 힘을 빌려 유한의 기간을 늘리려고 애쓴다.

아폴론은 사랑하는 여인 시빌레의 마음을 얻기 위해 소원을 들어주겠다고 한다. 이에 시빌레는 손에 모래를 가득 쥐며 모래알 수만큼 오래 사는 것을 요구한다. 하지만 오래 살게 해달라고는 했지만, 젊음을 유지하며 오래 살게 해달라고는 하지 않았다. 천 년을 살기는 하지만 나날이 몸이 늙어가서 쪼그라든다. 급기야는 너무 작아져서 병 속에 담겨져 동굴의 천장에 매달려 있게 된다. 역설적이게도 오래 사는 것이 소원이었는데, 어느 순간부터 죽는 것이 소원이 되어버린 사람이 시빌레이다.

오늘날 우리는 의학의 발달로 100세 시대 혹은 120세 시대를 내다보고 있다. 매미나 하루살이의 입장에서 보면 우리 또한 시빌레처럼 천 년을 사는 것처럼 보이지 않을까? 나는 인생을 살아갈 때 무엇을 소중하게 여기며 살아갈 것인가? 그리고 길어진 노년의 삶을 주목하고, 오늘날 노인들의 복지와 삶에 관심을 가져보자.

관련 자료

●

「그림 같은 신화」, 황경신 지음, 아트북스, 2009. 293~300쪽

 당신에게는 오로지 죽고 싶은 마음밖에 없었을 거라고 짐작했다. 성급하게도 당신을 다 이해한다고, 당신을 다 안다고 결론지었다. 천년을 살다 보면 그 삶은 지루하고 남루해지는 것이 당연하다 생각했다. 누군가 나에게 반론을 제기할 때를 대비하여, 나는 건방지게도 당신이 되어 그 삶 안에 나를 대입해보기도 했다.

매일 찾아오는 아침, 매일 찾아오는 밤, 지치지도 않고 떠오르는 해, 왔다가 가는 것들, 끝없이 생겨나고 끝없이 죽는 것들, 그 모든 것이 나를 지치게 했다, 가장 견디기 힘든 것은 마음을 바칠 존재가 없다는 것이었다. 사랑할 수 있는 사람이 없다는 것이었다. 한 사람과 10년 동안 사랑해도 100번의 사랑을 해야 한다는 현실은 고독보다 끔찍하다.

하지만 그건 나의 편견이었다. 나는 매미의 모습을 한 당시과 엘리엇의 증언 때문에, 지루하고 남루하지 않은 천 년의 삶을 상상할 수 없었던 것이다. (중략)

나는 당신의 모습을 오래오래 들여다본다. 편견에 사로잡혀, 그 속에 깃든 천 년 동안의 고독을 찾으려고 애를 쓰면서. 그러나 당신은 한 치의 흔들림도 없는 눈동자로 나를 바라본다. 당신은 부드럽고 단단하다. 당신은 아름답고 위대하다. 당신은 높은 산처럼 기품이 넘친다. 당신은 깊은 바다처럼 초연하다. 그것은 당신이 천 년을 살아냈기 때문이다.

천 년을 살면, 생의 어지러움에 쉽게 흔들리지 않을 수 있는 것일까. 천 년을 살면, 사랑의 어지러움에 쉽게 쓰러지지 않을 수 있는 것일까. 천 년을 살면, 마음의 어지러움에 쉽게 무너지지 않을 수 있는 것일까.

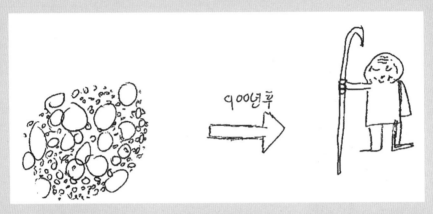

김승주

정지원

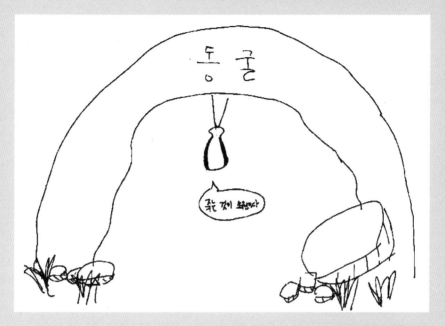

김지수

생각을 키우는 질문거리

1. 시빌레가 990년을 살면서 어떤 삶을 살았을지 추측하여 한 편의 일기로 적어보자. (시빌레의 삶에 나를 대입하여 보자.)

2. 우리의 100년 삶에서 중요한 것은 무엇일까? 어떤 마음으로 어떻게 살아야 할까? (매미나 하루살이의 입장에서 보면 우리 또한 시빌레와 같이 천 년을 사는 삶이 아닐까?)

 ⇒ 원 안에 중요하다고 생각하는 요소들을 적어보자.

3. 인간의 수명이 점점 연장되면서, 노년의 삶이 길어지고 있다. 내가 바라는 노년의 삶을 떠올리며, 우리나라 노인 정책을 제시하여 보자.

신화를 통해 들여다본
우리들의 생각 그리고 삶

〈글〉
친한 친구가 61세로 죽었다
작년에도 친구가 죽었었다.
친구들도 늙어서 하나둘씩 죽는다.
너무 외로워서 나도 차라리 죽고싶다.
나는 언제까지 살까

정지원

〈글〉 나는 오늘 오해를 삼아 유치
장에 갇혔다. 하지만 나는 유치
장에 갇혀 있는동안 생각을 했다.
'옛날에 내욕심 때문에 아폴론에
게 거짓말을 쳐서 1000년의
일생을 살기되었으니 그 거짓말의
벌이라고 생각하자. 그 후 진범
이 잡혔고 나는 감사한 마음으로
있었던 유치장을 떠나는것도 감
사하게 여기며 떠났다.

임수연

63

(라) 나는 오늘 나의 786번째 생일을 맞이했다. 이제 생일 파티라고는 지긋지긋하고 왜 생일 파티에 오는 사람들도 없다. 그래서 나는 오늘로 내 인생을 마감하기로 결정했다. 나는 우리 집 베란다 난간 위로 올라갔다. 잠시 고민하다가 결국 떨어지기로 결심하고 떨어졌다. 놀라웠다. 죽기는 커녕 다치지도 않은 나를 보고 어딕에서 자살약을 샀다. 자살약을 먹었을때 몸에서는 약간의 통증을 느꼈다. 통증이 10~15분 정도 지속되다가 사라졌다. 하.... 나는 언제 죽는 걸까?

강서영

내가 중요하게 생각하는 삶의 요소들

강산하

최민준

김지수

지도교사의 수업 후기

인간의 오랜 욕망 중 하나가 오래 사는 것이라면, 그 욕망을 그대로 반영한 신화 중 하나가 '시빌레' 이야기라고 생각한다.

과연 오래 사는 것은 좋은 것인가? 시빌레가 겪는 고통을 보며 우리는 짐작할 수 있다. 오래 사는 것이 답이 아니라 어떻게 살아낼 것인가가 우리 인생을 결정한다.

생각거리로 우리나라 노인의 문제를 제시하고 관련 영상도 함께 보았지만, 깊이 있는 생각을 이끌어내지는 못하였다. 크게 노인 정책을 논하기보다는, 우리의 할머니 할아버지에 대한 인터뷰 활동 등을 통해 관심과 애정을 갖도록 하면 주제를 더욱 가깝게 느낄 수 있을 것 같다.

신의 영역에 도전한 파에톤

「아폴론에게 태양의 지휘권을 간청하는 파에톤」
벤자민 웨스트 / 캔버스에 유채 / 143×217cm / 19세기경 / 루브르 박물관

우리가 펼치는 신화 이야기

　부모와 자식의 관계를 천륜이라고 하지 않았나.끊어놓으려야 끊을 수 없는 끈이다. 부모에게도 자식에게도 마찬가지이다. 더군다나 양육의 의무를 다하지 못한 부모라면 그런 자식에게 가지는 미안함을 이루 말할 수 없을 것이다.

　파에톤은 어려서부터 자신의 아버지가 태양을 운행하는 신, 아폴론이라고 어머니로부터 듣고 자란다. 하지만 주변 사람들은 정말 신의 아들이 맞느냐고 놀려댄다. 그래서 아버지를 찾아 나선다. 아폴론을 만난 파에톤은 그동안 아버지의 부재로 인해 느꼈던 결핍감을 한 번에 보상받고 싶었을까? 아버지 아폴론 또한 자신이 모르는 사이에 장성한 아들을 대면했을 때 아들에게 느끼는 미안함과 죄책감을 어떻게든 해소하고 싶었을 것이다.

　파에톤은 아폴론이 자신의 아버지임을 만천하에 분명하게 드러내 보일 수 있는 태양마차를 몰고 싶다고 한다. 태양마차는 아무나 몰 수 있는 것이 아니며, 자칫 잘못하면 아들이 목숨을 잃을 수도 있는 위험한 일이지만 아폴론은 어쩔 수 없이 허락한다.

　결말은 어떻게 되었을까? 태양마차를 몰 수 있는 능력이 없었던 파에톤은 결국 마차에서 떨어지고 만다. 난생처음 아들을 만난 아버지는 다시는 아들을 볼 수 없게 되었다. 안 되는 줄 알면서 허락할 수밖에 없었던 아폴론, 아버지의 아들임을 명확하게 확인받고 사람들에게 보이고 싶었던 파에톤의 마음이 읽혀진다.

신화에서 유래된 용어

황도 12궁

파에톤은 아버지의 태양 마차를 몰고 하늘 길을 달리다가 무서운 동물들 사이에서 고삐를 놓치고 만다. 이 무서운 동물들이 '황도 12궁'이라 부르는 별자리이다. 황도 12궁은 해 뜨기 직전에 그 자리에 있던 별자리 12개를 가리킨다. 황도 12궁의 영어 명칭(Zodiac)은 원래 그리스어로 '동물들의 원'이란 뜻이다. 황도 12궁에는 양자리, 전갈자리, 게자리 등 동물 이름이 있지만 처녀자리나 천칭자리처럼 동물이 아닌 것도 포함되어 있다.

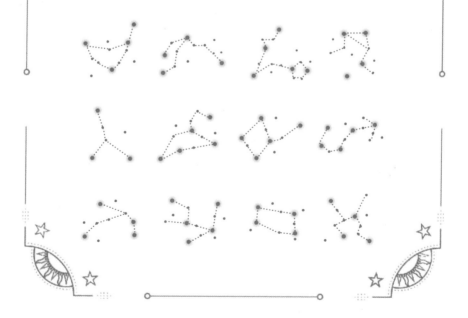

생각을 키우는 질문거리

❖ 아폴론에 대해 생각해 볼만한 질문

아폴론은 안 되는 줄 알면서 왜 아들에게 태양 마차를 넘겨주었을까?	결국 자식을 죽음으로 내몰게 된 아폴론은 어떤 심정일까?	내가 아폴론이라면 파에톤의 요구에 어떻게 하였을까?
어린 시절을 함께하지 못한 아들에게 아버지 아폴론은 어떤 감정을 느낄까?	아폴론	한 번 한 약속은 반드시 지켜야 하는가?
자식에게 해가 되는 줄 알면서도 부모로서 질책하지 않고 묵인하는 것에 대해 어떻게 생각하는가?	아폴론은 나쁜 아버지인가?	왜 아폴론은 파에톤의 부당한 요구를 거절하지 못하는가?

파에톤은 왜 아버지의 태양 마차를 몰고 싶었을까?	태양 마차는 아버지의 무엇을 상징하고 의미하는가?	어린 시절을 함께하지 못한 아버지에 대해 파에톤은 어떤 감정을 느낄까?
파에톤은 아버지같이 되고 싶었을까?	파에톤	나라면 아버지 아폴론에게 무엇을 요구하였을까?
파에톤은 다른 사람에게 자신의 아버지가 아폴론임을 과시하고 싶었을까?	파에톤은 버릇없는 아들인가?	아폴론처럼 성공했지만 가족들과 함께하지 못하는 바쁜 아버지가 좋은가?

❖ 더 생각해 볼 질문

1. 아폴론과 파에톤에게는 심리적으로 인간의 어떤 마음이 깔려 있는가?

2. 부모는 자녀의 요구에 어떻게 대응하는 것이 좋은가?

3. 성공한 아버지의 후광에 힘입어 무임승차하는 아들의 사례는 현실

에서 찾아볼 수 있는가?

4. 사회적으로 성공하여 가족들과 함께할 시간이 없는 아버지가 좋은
   가? 평범하더라도 가족과 시간을 많이 보내는 아버지가 좋은가?

신화를 통해 들여다본
우리들의 생각 그리고 삶

아폴론의 교육 방법

강서영

태양마차를 한 번만 몰고 싶다는 아들 파에톤의 부탁을 어쩔 수 없이 들어주었다가 제우스의 번개를 맞고 마차에서 떨어져 죽게 된다. 파에톤이 죽지 않고 살아 있었다면 어떻게 되었을까? 파에톤은 아버지가 그 어려운 부탁도 들어주었으니 아마 더 큰 것을 바랄 것 같다. 그러다 보면 나중에는 아폴론도 차마 감당할 수 없는 엄청난 부탁을 들어줘야 할지도 모른다. 작은 부탁으로 시작했지만 나중에는 점점 커질 것이다. 나는 이렇게 생각한다. 부모들이 들어줄 수 있는 웬만한 부탁은 들어주되 들어주기 힘들거나 자녀에게 독이 될 수 있는 것은 단호하게 잘라야 한다. 스틱스 강에 맹세를 하였다 하더라도 아폴론이 진정한 아버지라면 그 맹세를 번복하고서라도 들어주지 않았어야 하는데, 왜 그럴 수밖에 없었는지 안타깝다.

아폴론과 파에톤의 잘못

임수연

아폴론은 나쁜 아버지이다. 그 이유는, 아들이 태양마차를 몰려고 하는 행동이 버릇없음에도 불구하고 파에톤이 태양마차 모는 것을 허락했기 때문이다. 아폴론은 태양마차를 몰고 싶다는 파에톤의 소원을 들어주지 말았어야 했다. 내가 만약 아폴론이었다면 파에톤이 간절히 소원을 빌 때, 아들에게 해가 되는 것이니 소원을 들어주지 않고 다른 방법을 생각했을 것이다. 파에톤을 죽음으로 몰고 갈 정도로 위험한 줄 알았음에도 허락한 아폴론은 나쁜 아버지의 모습 같다.

파에톤은 나쁜 아들이다. 아들의 소원을 뿌리치지 못한 아폴론의 잘못도 있지만, 무리한 부탁을 하는 파에톤도 잘못이 크다. 파에톤이 아버지의 태양마차를 몰고 싶었던 이유는 단지 자신의 욕심 때문이다. 파에톤은 다른 사람에게 자신이 '태양신의 아들'이라고 과시하고 싶었던 것 같다.

아폴론과 파에톤 모두 서로를 깊이 생각하지 못한 것으로 보여진다. 좀 더 신중했어야 한다.

아폴론과 파에톤의 실수

정지원

아폴론은 태양마차가 위험한 줄 알면서 아들 파에톤에게 태양마차를 빌려주었다. 아폴론은 오랜만에 본 아들이 원하는 것을 꼭 들어주고 싶었던 것 같다. 태양마차를 넘겨주는 것은 위험한 일이었지만 피에톤이 고집을 꺾지 않아서 어쩔 수 없이 빌려주었다. 하지만 나는 아폴론이 잘못되었다고 생각한다.

파에톤이 다칠 것이라는 것을 알면 아폴론은 파에톤을 무조건 말렸어야 한다. 태양마차를 끌다가 다치거나 죽으면 파에톤뿐만 아니라 이 세계 전부가 혼란스러워지고 위험해지기 때문이다. 아들이 하고싶다고 해서 무조건 들어주는 것은 잘못되었다. 내가 아폴론이었으면 파에톤이 자신의 아들이라는 것을 증명하기 위해 다른 방법을 제시했을 것 같다. 예를 들면 파에톤을 믿어주지 않았던 친구들을 아폴론에게 데리고 와서 잔치를 베풀거나, 아폴론 자신의 물건 하나를 증표로 파에톤에게 줄 수도 있었다.

태양마차를 빌려주어 아들 파에톤을 죽게 만든 아폴론은 매우 절망하였을 것이다. 자신이 아들을 죽였다는 생각에 자괴감과 죄책감도 들었을 것이다. 태양마차를 주지 말 걸, 안 된다고 호통이라도 쳐야 했다고 뒤늦은 후회를 했을 것이다.

아버지의 어리석음

강신하

태양의 신, 아폴론의 아들인 파에톤이 자신의 친아버지가 아폴론인 것을 알자 친구들에게 자랑하고 싶어진다. 내 아버지가 아폴론이라고 말하자 친구들은 부러움은커녕 거짓말을 친다며 놀림거리만 되었다.

파에톤은 친구들에게 자신의 아버지가 아폴론이 맞다는 것을 증명하기 위하여 자신의 아버지에 간다. 처음 아들을 만난 아폴론은 아들을 처음으로 만나서 반가운 마음에 신들 사이에서 가장 엄숙한 약속을 할 때 내세우는 '스틱스 강'의 이름을 걸고 소원(부탁)을 들어준다고 하였다. 그래서 파에톤은 친구들에게 더 이상 놀림거리가 되기 싫어서 아폴론이 평소 사용하던 태양마차를 내세우며 증거를 보여주기로 한다. 태양마차를 타고 싶다고, 한번 몰아보고 싶다는 소원을 말한다.

아폴론은 몇 번이고 몇 번이나 다른 소원으로 바꾸라고 얘기했지만 그렇게 하지 않았다. 어찌 보면 파에톤의 순수한 마음이 조금은 이해가 간다. 하지만 아폴론에게 약간의 문제가 있다고 생각한다. 아들의 소원이 무엇인지 무슨 내용인지도 모르고 스틱스 강의 이름을 걸고 약속부터 하지 않았나 말이다! 아무리 처음으로 아들을 만나 기뻐서 그랬다고 해도 아버지로서 올바른 행동은 아닌 것 같다. 결국은 파에톤이 혼자 태양마차를 끌고 간다. 여기서도 아폴론이 어리석은 것 같다. 그렇게 걱정되면 같이 타서 아버지인 증거를 보여 주거나 뒤에서 따라가며 안전하게 보필해 줄 수도 있었는데 왜 굳이 아들 혼자만 보냈을까?

아폴론은 파에톤을 사랑하는 아버지일지 모르겠지만 약간 생각이 짧은 아버지인 것 같다. 결국 파에톤은 제우스의 번개에 맞아 죽고, 아폴론은 슬픔에 빠졌을 거라고 생각한다. 아폴론이 조금이라도 깊게 생각했었더라면 파에톤을 살릴 수 있었을 텐데 안타깝다.

지도교사의 수업 후기

파에톤 이야기를 읽고 모둠별로 스피드 퀴즈를 진행하였다. 모둠원 각자가 문제를 만들어 이를 모둠원끼리 풀어보도록 하였다. 모둠에서 잘 만들어진 문제는 전체적으로 모아서 1인이 문제를 내고 전체가 손을 들고 답을 맞출 수 있도록 하였다. 학생들 모두 즐겁게 참여하였다.

파에톤의 이야기는 아버지와 자식의 관계로 연결하여 생각해 볼 수 있어서 학생들이 자신의 생각을 좀 더 쉽게 표현할 수 있었던 것 같다.

위 질문거리를 학생과 교사가 함께 만들어 보았으며 이를 토대로 각자의 글을 쓸 수 있도록 하였다.

신들의 미움을 받은 시시포스

「시시포스」
티치아노 / 캔버스에 유채 / 237 × 216cm / 1549 / 프라도 미술관

우리가 펼치는 신화 이야기

매일 반복되는 삶 가운데, 내가 시시포스와 같다고 느낀 적은 없는가? 커다란 바위를 산꼭대기까지 힘겹게 끌어올려 놓으면 다음 날에는 다시 처음으로 돌아가 있는 거대한 바위를 대면한 적이 있는가? 늘 반복되는 상황 속에 마치 시시포스처럼 벌을 받고 있는 느낌을 받아본 사람들은 이 이야기에 매우 공감하게 될 것이다.

한편 시시포스는 불의와 부조리한 현실에 용감하게 맞선 위대한 인물이기도 하다. 신들의 부당함을 감히 인간이 정면으로 승부수를 던지다니! 그의 용기에 박수를 보내고 싶다. 그는 신의 권위에 도전한 괘씸죄로 인해 고난과 시련을 받는다. 한 번 발을 들여놓으면 돌아올 수 없다는 하데스까지 가서도 특유의 용맹함과 기발함으로 다시 돌아오지 않는가! 시시포스를 통해 금기에 도전하는 인간의 위대함을 엿보았다.

하지만 시시포스가 당하는 끝없는 형벌 앞에서 한낱 인간임을 확인한다. 결과적으로 무릎을 꿇은 꼴이지만 그의 시도와 그의 행동은 어느 영웅 못지 않다. 그도 자신의 행동을 후회하지는 않을 것이다. 오늘날 우리 주변에 무수히 많은 시시포스를 찾아보자.

신화에서 유래된 용어

시시포스의 형벌

　시시포스의 형벌은 끝없는 고통을 뜻하는 말이기도 하지만, 불가능한 일에 좌절하지 않고 끝까지 도전하는 인간의 도전 정신을 상징적으로 나타낼 때 사용하기도 한다.

　프랑스 소설가 알베르토 카뮈는 「시시포스의 신화」라는 에세이에서 시시포스는 부조리에 도전하는 영웅이며 운명에 맞서는 거인이라고 말한다. 다시 굴러 떨어질 것을 알면서도 바위를 굴려 올리는 그 행동 자체를 바로 도전이라고 본 것이다.

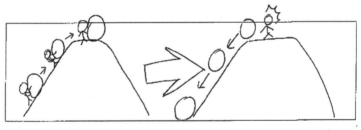

강서영

정지원

생각을 키우는 질문거리

❖ 읽은 내용을 바탕으로 시시포스에 대한 질문거리 만들기

> □ 시시포스는 왜 신들의 일에 끼어들었는가?
> □ 많고 많은 벌 중에서, 왜 하필 산꼭대기에 바위를 올려놓으라고
>   하는가?
>   (= 이 벌이 주는 의미는 무엇일까?)
> □ 왜 신들은 알면서 잘못을 저지르고, 잘못을 인정하지 못하는가?
> □ 시시포스는 인간 중에서 가장 현명한데, 왜 영원한 벌을 받을 때
>   는 그 좋은 머리를 사용하여 대처법을 생각하지 않는가?

1. 내가 경험하거나 목격한 일 중 불의하다고 생각되는 일이 있었는
   가? 그때 나는 어떻게 하였는가?
2. 나에게 주어진 일이 힘들어서 시시포스처럼 벌을 받고 있다는 느낌
   을 받은 적이 있는가?
3. 시시포스의 삶에서 공감되거나 안타까운 부분이 있는가?
4. 우리 주변에 숨겨진 무수히 많은 시시포스를 찾아보자~!!
   (불의에 항거하는 사람, 왠지 모르지만 벌을 받고 있는 듯한 사람
   등등)

신화를 통해 들여다본
우리들의 생각 그리고 삶

억울해!

강서영

예전에 내가 겪은 일 중 하나가 시시포스가 겪은 억울한 일과 비슷하다는 생각이 든다. 핸드폰을 꺼내어 본 지 얼마 되지 않았는데, 엄마가 너무 많이 한다고 하시면서 자꾸 이러면 폰을 뺏겠다고 하셨다. 핸드폰 본 지 얼마 되지 않았다고 말하고 싶었지만 말대꾸로 들릴까 봐 말하지 않았다. 다행히 핸드폰을 뺏기지는 않지만 더하고 싶었던 핸드폰을 손에서 내려놓아야 했다. 하지만 이보다 더 황당한 건 엄마가 나보다 핸드폰을 더 많이 들여다본다는 사실이다. 지금 생각하면 별일 아닌 것 같지만 그때는 정말 억울했다. 시시포스도 나처럼 억울했겠지?

이유 없는 왕따

임수연

요즘 왕따가 늘고 있다. 학교 폭력, 언어 폭력, 휴대폰이 생기면서 시작된 사이버 폭력까지. 이렇게 왕따는 주위에서 볼 수 있을 정도로 많다. 하지만 왕따 당하는 이유가 있을까?

그 이유는 딱히 없다. TV 뉴스나 인터넷에서 가해자의 입장을 들어보면 거의 '장난'이었다고 답한다. 왕따 당하는 친구는 아침에 일어나면 학교에 가기가 우리보다 더더욱 싫을 것이다. 학교에 가면 또 왕따를 당할 테니까. 아무런 이유없이 매일 반복되는 왕따. 왕따 당하는 친구는 죄가 없다고 생각한다.

시시포스처럼 매일매일 영원히 당하는 벌. 시시포스도 왕따 당하는 친구도 억울하다. 죄가 없으니까 말이다. 신들이 그를 괘씸하게 보았을 뿐이다. 이제 우리들은 억울하게 당하는 왕따 친구에게 관심을 갖고 먼저 다가가주는 따뜻한 사람이 되어야 한다고 생각한다.

휴전이 없는 아빠의 일

주민정

평일에도 일하시지만 주말도 일하시는 아빠에게 휴일은 365일 중 2~3일이 될까 말까 한다. 왜 그렇게까지 일을 하시는지 몇 번씩 생각해 보았다. 정답은 바로 우리들이었다. 학원 보내주고 밥 먹이고 옷 사주고, 필요한 것을 사주고 싶었기 때문일 것이다. 우리들이 잘 되는 모습만 바라보고 싶었기에 노는 날에도 쉬지 않으시고 열심히 일만 하신다. 그런 아빠이기에 나는 속으로는 답답하다는 생각도 했다. 쉬는 날에라도 쉬었으면 좋겠는데 아빠의 뒷모습을 보니 아빠의 어깨가 무겁게 느껴졌다.

그래서 그런지 우리 아빠는 이 신화 속에 나오는 시시포스와 비슷하다는 생각을 한다. 왜냐하면 자신에게는 불이익이 될 수도 있는데도 책임감과 용기를 가지고 살아가기 때문이다. 나는 지금부터라고 아빠의 걱정을 조금씩이라도 나누고 싶은 마음이 생긴다.

동생과 나

정지원

나는 시시포스의 삶에 공감한다. 신들도 잘못한 것은 인정해야 하는데 무조건 화만 내고, 기분 나빠하기 때문이다. 우리 주변에도 시시포스와 같은 삶을 사는 사람들이 많을 것 같다. 시시포스에 비하면 작게 느껴질지 모르지만 나에게 이런 일이 있었다.

나도 동생에게 잘못한 일을 지적하고, 사실을 말 했는데 동생이 화낸 적이 있다. 동생이 샤워하고 나와서 머리도 안 말리고 옷도 대충 던져놓은 채로 TV를 보러 갔다. 이 상태로 있으면 산책하러 간 엄마가 돌아오면 분명히 잔소리 하고 TV보지 말라 할 것이 분명해서 난 동생을 불렀다.

"경원아, 나와 봐. 엄마가 TV보기 전에 머리 다 말리고 옷 정리하고 방 정리도 하라고 했잖아. 이것부터 치워. 저기 책상에 지우개도 치우고."

그랬더니 동생은 뭔 상관이냐면서 짜증을 내며 치우고 갔다. 내가 틀린 말을 한 건 아닌데 왜 저렇게 화를 내는지 나도 짜증이 났다.

이와 비슷하게 억울하게 벌 받은 적도 있었다. 동생이 숙제가 더 있는 줄 모르고 핸드폰을 하며 자유시간을 누리다가 엄마에게 걸렸다. 엄마는 바로 동생을 불러내서 지금 남은 숙제를 하라고 했다. 동생은 알겠다며 방에서 나와 숙제를 시작했다. 그 불똥은 나에게도 튀었다. 엄마가 나보고 '동생이 숙제하니까 집중하게 너도 TV 끄고 조용히 있어.' 라고 한 것이다. 난 오늘 할 일을 다 끝냈고 당당히 자유를 누릴 권리가 있는데 동생 때문에 그 자유를 뺏겨버렸다. 정말 억울했다. '다음부터는 차라리 문 닫고 TV를 보리라! 절대 두 번 다시 내 자유를 박탈당하지 않으리라!' 라고 생각했다.

시시프스와 같이 많은 사람들이 사실(진실)을 말했는데도 상대방의 미움을 사는 일은 굉장히 많다. 원래 자신을 비난하는 말은 그것이 사실이라도 듣기 싫을 것이다. 그것은 자기중심적인 인간의 마음 때문인지 모르겠다. 하지만 그로인해 누군가는 억울한 벌을 받거나 당연히 누려야 할 자유를 구속당할 수 있기 때문에 조심해야 한다. 나 또한 앞으로는 집에서 그런 불공평한 대우를 받지 않았으면 좋겠다.

시시포스 같은 벌을 받는 우리 아빠

김승주

내 주변에서 시시포스 같은 사람은 우리 아빠인 것 같다. 아빠는 매일 일을 하러 집을 나선다. 일요일은 쉬어도 되지만 좀 더 돈을 벌기 위해서 가끔 일요일까지도 출근해서 쉴 틈 없이 일하신다. 어쩔 땐 1달간 하루도 안 쉬고 출근하셨다. 그래서 번 돈으로 내 용돈 주시고 엄마한테 주면 우리 아빠 지갑에는 돈이 조금 밖에 없다. 그런데도 왜 끝까지 일하실까? 나는 우리 아빠가 너무 불쌍하고 잘 해드리고 싶다. 나중에 커서 수고하신 아빠한테 해드릴 수 있는 건 다 해드리고 싶다. (물론 엄마도 포함이다.)

공통점

김보연

초등학교 때 우리 반 친구가 무언가를 잘못했다. 선생님께서 빨리 자수하라고 하였지만 아무도 자수를 하지 않았다. 결국 선생님은 마지막으로 한번만 더 기회를 주겠다고 하시면서 끝나면 말하러 오라고 하셨다. 그래서 난 선생님께 어느 아이가 했다는 것을 말씀드렸다. 그리고 선생님께 내가 말했다고 말하지 말라고 부탁드렸다.

며칠 후, 그 친구가 나한테 와서 "왜 말했는데!" 하면서 오히려 짜증을 냈다. 분명 난 사실을 말한 것뿐인데, 선생님께 많이 혼났나 보다. 지금 생각해보면 나랑 시시포스랑 비슷하다고 생각한다. 시시포스도 자신은 잘못한 것이 없고 진실을 얘기했다가 오히려 신들에게 혼났기 때문이다. 난 딱히 벌 받은 게 없었어도 그렇게 억울했는데, 시시포스는 영원한 벌까지 받았으니 얼마나 억울했을까? 그리고 위기의 순간을 지혜롭게 잘 넘겨왔던 시시포스는 그 벌을 피할 궁리를 할 수 있었을 텐데도 묵묵히 벌을 받아들이는 모습에서 평범한 인물이 아니라는 생각도 들었다.

시시포스와 나

김지수

그리스 로마 신화에 나오는 시시포스라는 인물은 여러모로 나와 비슷한 점이 많은 것 같다. 첫 번째로 부당하고 불합리한 것을 목격하면 고치려는 성격이 나와 닮았다. 나는 어릴 때부터 항상 모든 것은 공평해야 한다고 생각해 왔다. 예를 들자면, 어릴 때 맛있는 음식을 나보다 동생이 어리다고 더 많이 받은 적이 있다. 그때 별것도 아닐 수 있지만 화가 나고 똑같이 나누어 먹어야 한다고 생각했다. 이 뿐만이 아니라 내 주변 사람들이 부당하고 불합리한 일을 당하면 당연히 정당하게 고쳐야 한다고 생각한다.(물론 때때로 세상은 이미 불합리하고 부당한 것투성이니 굳이 상관하지 말자는 생각이 들 때도 있다.) 모든 일에 시시포스처럼 간섭한다면 너무 피곤할 것 같다. 하지만 시시포스의 행동이 충분히 공감되고 이해되기 때문에 성격이 닮았다고 생각한다.

두 번째는 시시포스가 받은 벌과 내가 처해 있는 상황이 닮았다. 시시포스는 해도 해도 끝이 없는, 산꼭대기까지 큰 바위를 굴리는 벌을 받았다. 올려도 올려도 다시 내리막길이라서 무한대로 반복하는 일이 나의 일상과 닮았다고 생각했다. 나는 매일매일 학교를 다니고 학원을 가고 집에 오는 뻔한 생활을 반복한다. 그 안에 소소한 즐거움이 있긴 하지만 매일 이렇게 사는 게 너무 지루하고 힘들다. 특히 등교하는 것! 늦게 일어나는 날도 있고 일찍 일어나는 날도 있을 텐데 매일매일 정해진 시간에 정해진 장소인 학교를 가야 하는 것이 너무 싫다.

지도교사의 수업 후기

시시포스 신화는 학생들이 몰입하기 좋은 이야기의 요소를 두루 갖추고 있는 것 같다. 불의를 참지 못하고 바른 말 잘하는 성격의 시시포스가 신들에게 미움을 받는 설정도 재미있고, 신들을 속여 지옥에까지 다녀온 그의 용기와 재치가 어느 영웅과 비교해도 뒤지지 않는다. 또한 그가 받은 형벌이 영원하다는 점에서 안타까움은 극에 달하며 깊은 인상을 남긴다.

학생들 또한 우리들 삶의 어떠한 부분이 시시포스와 많이 닮아 있다고 생각하는 것 같았다.

에로스와 프시케의 사랑

「프시케와 에로스」
프랑수아 제라르 / 캔버스에 유채 / 186×132cm / 1797 / 프랑스 국립 박물관

우리가 펼치는 신화 이야기

'고부갈등' 혹은 '마마보이'. 드라마 단골 소재이다. 아니 어쩌면 시대를 막론하고 인류 대대로 풀어나가야 할 과제인지도 모르겠다. 신화에서 그 원형을 찾아볼 수 있을 것 같다. 바로 '에로스와 프시케' 이다.

사랑의 주체들은 에로스와 프시케이다. 하지만 에로스의 어머니 아프로디테는 프시케가 마음에 들지 않는다. 아들의 여자로 못 마땅한 것이다. 에로스와 프시케가 함께 사랑을 나누었지만 그 사랑의 대가는 온전히 프시케가 치르게 된다. (이 또한 드라마에서 많이 보지 않았는가!)

어머니 아프로디테의 3가지 시험을 통과해야 아들의 여자로 인정받을 수 있다. 에로스는 이런 곤경에 처해 있는 프시케를 선뜻 도와주지 못한다. 어머니에게 감금을 당한 것이다. 마지막 관문을 통과할 듯할 때 프시케는 자신의 몰골이 너무 형편없어진 건 아닌가 하는 생각에 아프로디테가 금지한 상자를 열게 된다. 이쯤 되어서야 에로스는 나타나서 프시케를 위한 자신의 사랑을 확신하고 여러 사람들 앞에 당당히 행동으로 대응한다.

에로스와 프시케의 이야기는 여러 가지 방향으로 해석할 수 있지만, 성장한 어른이지만 여전히 자신의 아들로 구속하고 독립시키지 못하는 아프로디테의 모습에 주목하였다. 명화 속의 에로스 또한 어머니 아프로디테 옆에서 언제나 아이 같은 모습으로만 그려지고 있다.

부모로부터 독립하지 못하는 자녀의 입장과 자녀를 온전히 분리시키지 못하는 부모의 입장을 살펴보자.

신화에서 유래된 용어

큐피드의 화살

에로스는 그리스 신화에서 사랑과 연애의 신이다. 로마 신화에서는 아모르(Amor) 또는 큐피도(Cupido, 영어로는 큐피드 Cupid)로 불린다. 아프로디테의 아들이며 활과 화살을 가지고 있다. 그의 황금 화살을 맞은 자는 격렬한 사랑을 느끼고, 납으로 된 화살을 맞은 자는 미워하는 마음을 갖게 된다. 그래서 큐피드의 화살을 맞았다고 하면 흔히 사랑에 빠지게 되었다는 의미로 사용된다.

신화를 통해 들여다본 우리들의 생각 그리고 삶

세상에 있는 모든 사람은 마마걸 or 마마보이?

강서영

무조건 엄마의 뜻대로 행동하는 사람을 흔히 마마걸이나 마마보이라고 부른다. 그리스 신화에 나오는 에로스도 프시케를 사랑하지만 어머니 아프로디테에게 솔직하게 말하기가 두려워 숨는 모습을 보인다. 일종의 마마보이가 아닌가 싶다.

하지만 나는 에로스뿐만 아니라 세상에 있는 대부분의 사람들이 마마걸이나 마마보이라고 생각한다. 내가 그렇게 생각하는 이유는 주변 사람들을 보면 다쳐서 울 때 거의 대부분 '엄마'라고 부르며 운다. 내가 아직 인생을 그렇게 많이 살아보지 않아서 그런지 모르겠지만 '아빠' 부르며 우는 사람을 한 번도 보지 못했다.

그리고 자신의 핸드폰에 부모님 단축번호를 저장할 때이다. 나는 아빠가 우리집 가장이니까 단축번호 1번에 아빠가 저장되어 있고, 엄마는 2번이다. 그런데 내 친구들은 거의 1번이 엄마이고, 2번이 아빠이다.

위 두 가지 이유로 마마걸이나 마마보이라고 확실하게 단정 짓기는 어렵겠지만 일부 맞는 측면도 있다. 만약 에로스가 현대 시대의 사람이었다면 휴대폰의 단축번호 1번으로 어머니인 아프로디테를 저장했을까? 그것이 궁금하다.

나도 에로스 같은 마마걸?

임수연

〈에로스와 프시케〉 신화를 보고 에로스의 모습이 마치 나인 것 같았다. 처음에 엄마를 의지하는 에로스처럼 나도 약간 '마마걸'인 것 같다. 왜냐하면 나는 물건을 사려고 물건을 고를 때 내가 '선택장애'를 가지고 있어서인지 엄마에게 물어보는 편이다. 옆에 엄마가 없어도 문자나 전화로 물어본다. 그런데 우리 엄마는 아프로디테 같이 자식에게 간섭하는 엄마가 아니라 그 반대다. 그러니까 너무 풀어놓는다는 것이다. 하지만 무관심이 아니라 자유를 내게 주는 것 같아서 이런 우리 엄마가 싫지는 않다. 나는 너무 우유부단해서 낙천적인 엄마의 의견을 더 따르는 것 같다.

나는 아직 약간의 마마걸 특성이 있는 것 같지만 에로스는 이제 마마보이가 아닌 것 같다. 왜냐하면 아프로디테가 프시케를 벌했을 때 처음에는 모른 척 숨어 있었지만, 결국에는 프시케를 구하러 달려가기 때문이다. 에로스가 정말 마마보이였다면 마지막에도 프시케를 구하러 가지 않았을 것이다. 에로스는 이제 엄마로부터 당당히 독립한 것 같다. 나는 중학생이긴 하지만 조금씩 엄마로부터 독립하는 마음을 가져야겠다.

내가 원하는 양육 방식

원성욱

아프로디테와 달리 우리 어머니는 나를 너무 자유롭게 키우신다. 〈에로스와 프시케〉 신화에서 아프로디테는 아들을 자기의 소유물로 생각하고 에로스의 자유를 구속한다. 하지만 아프로디테와 달리 우리 어머니는 나에게 관심이 없는 것이 아닌가 싶을 정도로 자유를 주신다. 초등학교를 입학하고 나서 어머니는 내가 하고 싶은 것이 있으면 하게 해주시고 갖고 싶은 것이 있으면 사 주려고 하신다. 심지어 시험기간(중간고사, 기말고사 등등)에도 공부를 안 하고 게임을 하여도 신경을 안 쓰신다. 우리 어머니는 '네 인생은 네가 알아서 살아'라는 마인드인 것 같다.

아프로디테는 나의 아들은 나의 소유물이니 나만 소유할 수 있고 그의 선택에도 당연히 관여할 수 있다고 생각한다. 물론 과한 측면이 있지만 적절한 관심과 규제는 필요하다고 생각한다. 만약 성인이 되어 내가 부모가 된다면 나는 적절한 관심과 규제 안에서 자녀를 적절히 통제할 것이다. 하지만 언제든지 자녀가 원하면 독립시킬 수 있는 마음의 준비도 필요할 것 같다.

나이에 맞는 간섭과 독립

정지원

나는 아직 미성년자이므로 당연히 부모님의 간섭이 있을 수밖에 없다. 하지만 어머니와 나는 사사로운 것까지 서로 간섭하지 않으려고 한다. 어머니는 내가 친구들과 논다고 하면 어디 가는지, 언제 돌아오는지 정도만 물어보고 까다롭게 신경쓰지 않는다. 또 강제로 학원에 보내지 않는다. 공부 관련해서는 내 의견을 많이 반영하여 스트레스를 많이 받지 않도록 해주신다. 나의 어머니는 적당히 내 나이에 맞게 존중해 주시는 것 같다.

나는 어른이 되어서 취업이 되면, 마마걸에서 벗어날 것이다. 등록금이나 집을 구하기 위해서는 부모님의 도움이 당연히 필요하겠지만, 사회에 적응을 어느 정도 하고 나면, 부모님에게 의지하지 않고 내가 스스로 결정할 것이다.

나의 어머니에 비해 아프로디테는 어른이 된 에로스에게 간섭이 너무 심한 것 같다. 에로스는 어머니 아프로디테의 간섭을 당하고만 있다. 자신에게 부모의 간섭이 필요하다고 생각하는 것일까. 내가 만약 에로스였다면, 내 스스로 독립하기 위해 결정도 내가 하고, 부모님께서 간섭을 많이 하시면 적당한 근거를 들어 벗어나기 위해 노력했을 것이다.

아프로디테는 에로스를 자신의 편 혹은 자신의 소유라고 생각했는데 에로스가 다른 여자를 데리고 오자 질투심 나기도 하고, 아들을 뺏기기 싫어 프시케를 자꾸 괴롭혔던 것 같다. 자식을 마마걸, 마마보이로 만들지 않으려면 자식의 의견을 이해해 주고 존중해 주는 것이 필요하다고 생각한다.

나는 아직 어린 아이일까?

주민정

부모님은 나에 대한 것은 꼭 알아야 되고, 꼭 부모님 말씀을 잘 들어야 한다는 편견을 가지고 계신다. 조금만 틀어지면 화내고 나의 생각이나 말은 중요하지 않다고 생각하시는 것 같다. 학원은 몇 시에 가고, 공부는 어떻게 해야 한다는 말들을 주로 하신다. '아직까지는 어른이 아니니까 너는 부모님 말씀 잘 듣고, 하라는 거 잘해라' 라는 말을 들으면 왠지 모르게 울컥한다. 지금은 어린 아이가 아니라서 공부도 알아서 할 수 있고, 밥도 차려먹을 수 있고, 청소도 할 수 있다. 이제는 거의 내가 할 수 있는 게 더 많아졌는데도 부모님은 여전히 어린아이를 대하듯이 뭐든 다해주신다.

나는 부모님이라는 갖춰진 울타리 안에서 내가 하고 싶은 게 있어도 참아야 한다. 현재로서는 내가 부모님으로부터 완전히 독립하는 것은 불가능하겠지만 내가 돈을 잘 벌 수 있을 때까지는 받아들이려고 한다. 그때가 되어서도 부모님은 내가 독립하는 것을 반대할까? 가끔씩 부모님께 내가 하고 싶은 걸 말하는데 계속 거절을 당한다. 내가 할 수 없는 것을 말하는 것도 아닌데 이렇게 계속 거절을 당하니 꼭 할 수 있다는 것을 보여줘야겠다는 생각도 든다.

요즘에는 부모님께 조금씩 반항을 하기 시작했다. 짜증을 막 내기도 한다. 예전에는 혼날까 봐 하지도 못했던 말들을 이제는 다한다. 우리는 언제나 귀엽고 사랑스러운 어린 아이가 아니다. 그 시간에 멈춰 있는 사람은 부모님이다. 이제라도 부모님들이 그 멈춰 있는 시간을 풀어내야 할 것이다.

아프로디테를 절반쯤 닮은 우리 엄마

김보연

아프로디테와 우리 엄마를 비교해 보았을 때, 평소에는 아프로디테와 완전 반대이다. 뭘 하든 맘대로 해도 된다고 한다. '놀아도 돼?' 라고 물어보면 그냥 '맘대로 해~' 하고 10초 이내에 전화가 끝난다.

하지만 어떤 부분에서는 우리 엄마가 아프로디테보다 집착을 더 많이 한다. 바로 공부이다. 공부할 땐 옆에 의자까지 가져와서 앉아서 도망 못 가게 계속 감시한다. 그리고 하다가 잠깐 나오면 다시 방으로 들어가라고 한다. 그래서 감금된 기분이 들 때도 있다. 난 분명 많이 했는데 맨날 5분도 안했다고 들어가라고 한다.

나는 엄마가 공부보다는 나를 이쁘게 꾸미는 것에 집착(?)을 하면 좋겠다. 그러면 엄마가 조금 부족하다 싶으면 무엇이든 사 주시지 않을까.

한마디로, 우리 엄마와 아프로디테를 비교하면 우리 엄마는 아프로디테를 절반쯤 닮았다.

지도교사의 수업 후기

중학생인 우리 학생들은 부모로부터 독립하기보다는 보
호받아야 할 시기에 가까워서 그런지, 부모와 자식의 독립
에 대해 생각해 본 학생이 아직 많지 않았다. 아프로디테가
프시케를 미워하는 상황에서 에로스가 용기있게 프시케를
지켜주지 못하는 것에 대해 질타하지만 그 이상 이야기를
전개시키지는 못하는 듯 했다.

사실 에로스의 이런 행동을 '마마보이'로 단정지을 수는
없다.(실제로 어떤 학생이 이런 모습을 보이는 에로스가
'마마보이'냐고 물어보았다. '에로스를 너무 마마보이로 몰
고갔나' 하는 생각이 스쳤다.) 하지만 드라마나 영화의 소
재 가운데 남녀가 함께 사랑하지만 사랑의 아픈 대가는 여
성이 치르는 장면이 많으므로 이를 영상자료로 보여주면 학
생들의 이해가 더욱 빠를 듯하다. 사랑의 주체임에도 객체
가 되어 부모님 뒤에 숨어 진정한 독립을 미루고 있다.

또한 그 이면에는 자녀뿐만 아니라 부모도 자녀를 온전히
독립시킬 준비가 되지 못했다는 점을 간과할 수 없다. 점점
취업이 어려워지고 결혼시기가 늦춰지면서 부모와 자식의

선긋기는 더욱 어려운 숙제가 될 것 같다.

자신의 부모님과 아프로디테의 양육방식을 비교해서 생각해 보도록 했다. 에로스가 마마보이라는 것에 대한 동의가 다소 억지스러웠더라도, 부모님과 자신의 관계를 조금 진지하게 생각해 보는 좋은 계기가 되었다.

메두사에 맞서는 페르세우스

「피데우스와 그의 부하들을 돌로 변화시키는 페르세우스」

루카 지오르다노 / 캔버스에 유채 / 285×366cm / 1680 / 런던 내셔널 갤러리

우리가 펼치는 신화 이야기

두려움이 없는 인간이 있을까? 살아 있다는 생생한 증거가 바로 '두려움'
이라고 하지 않던가. 무덤 속에 누워 있는 인간만이 두려움을 느끼지 못한다
고 한다. 이렇게 두려움은 모든 사람의 마음 속 어딘가에 도사리고 있다가 불
쑥불쑥 나타난다. 누군가는 쉽게 할 수 있는 일도 두려움에 휩싸인 사람은 자
신감을 잃고 저 멀리 도망쳐 버리기도 한다.

우리 인생의 메두사는 무엇일까? 나를 얼음으로 만들어 버리는 그것은 무
엇일까? 시도해 보지도 않고 좌절하게 만드는 그것은 무엇일까? 내가 가진
막연한 두려움을 메두사라고 생각하여 보자.

역설적이게도 내 안의 두려움이라는 메두사와 직면하고 처단하였을 때, 메
두사의 목에서 뿜어져 나온 것 중의 하나가 페가수스라고 한다. 암흑이 제거
되었을 때 맞닥뜨리게 되는 탈출구 같은 빛이라고 해야 할까?

사실 메두사는 생각만 해도 싫은 무엇이기에 자세히 들여다보는 활동이 쉽
지는 않다. 하지만 내 안의 메두사를 처단하게 되었을 때, 좀 더 성장한 자신
을 만날 수 있지 않을까?

신화에서 유래된 용어

메두사 효과

메두사는 원래 아름다운 처녀였지만 아테나의 질투와 분노로 머리카락은 온통 뱀으로 변했고 얼굴은 괴물이 되었다. 그래서 이런 흉측한 모습의 메두사와 시선을 맞추게 되면 누구든지 돌로 굳어버린다. 페르세우스가 아테나의 도움으로 메두사의 목을 베고 그 머리를 아테나의 방패에 매달아 둔다. 방패에 매달린 메두사를 쳐다보면 누구든지 두려움과 공포에 질린다. 그래서 '메두사 효과' 란 상대가 너무 무서워서 지레 겁을 먹고 뭔가를 제대로 해보지도 않고 도망가는 것을 뜻하는 말이다.

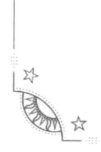

생각을 키우는 질문거리

1. 내가 가진 '두려움'에 대해 생각하여 보자.

> 영화 '명량'에서, 이순신 장군은 이렇게 말한다. "두려움을 용기로 바꿀 수만 있다면!" 우리 속에 자리 잡고 있는 두려움이라는 존재를 분명히 바라볼 필요가 있다. 두려움의 정체를 분명히 알고 나면 우리는 그것을 용기로 바꿀 수 있는 해답을 얻게 될 것이다.

2. 두려움에 대한 나의 대처 방식을 떠올려 보자.

> 〈예시〉 전쟁이 일어나면 어쩌나 하는 두려움 ⇒ 라면이나 쌀이 떨어지면 은근히 불안해져서 조금 과하게 사둔다.

> 〈예시〉 상대방이 너무 적극적으로 다가오면 왠지 부담스러움 ⇒ 너무 가까워지면 나의 허물이나 실수도 잘 드러나고, 나도 상대에게 실망하게 될까 두려워져서 만남을 꺼린다.

3. 내가 가진 두려움(내 안의 메두사)을 극복하려면 어떻게 하면 좋을지 위에 적은 경험(사례)과 함께 자신의 생각을 정리하여 한 편의 글로 표현하여 보자.

신화를 통해 들여다본
우리들의 생각 그리고 삶

습관을 바꾸는 무서운 두려움

강서영

작년 여름, 소중한 목숨까지도 빼앗아가는 위협적이고 무서우며 아주 굉장한 질병이 세계를 뒤덮었다. 원래는 낙타에게 생기는 병인 메르스는 많은 사람의 생명을 빼앗고 위협했다. 그 무서운 질병인 메르스 때문에 공포에 떨었던 사람들이 많았다. 그 많은 사람들 중 하나가 나이다.

나는 사실 겁이 많지 않은 편이다. 하지만 그런 나까지 두려움에 떨게 만드는 것이 몇 가지 있는데 그건 바로 '죽음'이다. 메르스 때문에 죽은 사람이 있다는 소식을 들은 나는 그날부터 매일매일 하루에 30번 이상은 비누로 손을 깨끗이 씻곤 했다. 그런데도 죽을까 봐 두려워서 나의 가장 고치기 어려운 버릇인 '손톱 물어뜯기'를 하지 않았다.

메르스가 한창 유행할 때 우리 가족은 해외여행을 갔다. 여행지의 어느 박물관에서 고온측정기에 걸려서 검사를 받을 때, 공항에서 짐을 찾으려는 순간 중동사람과 마주했을 때 등등 나의 두려움은 극에 달했다. 정말 무서웠다.

메르스 공포가 사라진 지금은 그때만큼 손을 자주 씻지는 않는다. 그리고 손톱도 다시 물어뜯고 있다. 조금 우습지만 두려움이란 고치기 어렵다는 나쁜 습관까지도 아주 쉽게 고칠 수 있는 무섭고 대단한 존재인 것 같다.

페르세우스는 안전벨트!!

임수연

요즘 새로운 놀이기구가 많이 생겨나고 있다. 더 스릴있고 재밌는 놀이기구. 사람들은 더 스릴있는 것을 원하고, 더 높은 놀이기루를 원한다. '친구들과 가기 좋은 장소 TOP3'에 놀이공원이 절대 빠지지 않는다. 그만큼 사람들이 놀이기구를 좋아하고 더 스릴 있고 아찔한 놀이기구를 원한다.

친구들과 놀러갈 곳을 계획하면 항상 놀이공원 얘기가 먼저 나온다. 하지만 난 그때마다 반대했다. 왜냐하면 내가 '고소공포증'을 가지고 있기 때문이다.

내가 6학년 때 친구들한테 끌려가 억지로 '후룸라이드' 라는 물 놀이기구를 탔을 때이다. 배가 올라갈 때 아래를 내다보면 안 되는데 아래를 보게 되었다. 안 그래도 고소공포증이 있어서 벌벌 떨고 있었는데 아래를 보니 더욱 두려웠다. 배가 최고지에 다다랐을 때에는 결국 울음이 터졌다. 6학년이 우는 건 이상하게 보일 수도 있지만 나에게 울만큼 커다란 두려움이었다. 배가 빠르게 내려가고 아이들은 즐거워했다. 내려간 후 내가 울고 있는 모습을 본 친구들은 당황하며 위로해 주었다.

내가 놀이기구를 못 타는 이유를 생각해 보면 '고소공포증' 뿐만이 아닌 것 같다. '이 놀이기구는 안전할까?', '놀이기구가 잘못 운행되어 사고가 나면 어쩌지?', '내가 죽을 수도 있을 것 같은데?' 이런 생각들 때문이다. 즉, '죽음'이 무서운가 보다.

하지만 놀이기구에는 안전벨트가 있고 나는 그 안전벨트를 맬 수 있다. 수많은 실험을 거쳐서 놀이기구는 안전하다. 안전하기 때문에 놀이기구는 나의 목숨을 빼앗아 갈 수 없다는 믿음 하나로 놀이기구에 대한 두려움은 극복할 수 있을 것이다. 아마 5년 후에는 내가 먼저 놀이공원에 가고 싶어하는 친구가 되어 있지 않을까 싶다. 그렇게 되길 바란다.

I hate English class

원성욱

요즘 학원을 다니는 학생들 중에 '영어' 학원을 다니지 않는 아이들은 거의 없을 것이다. 그만큼 학생들은 영어를 많이 배운다. 예전에는 영어 학원을 다니는 사람이 그렇게 많지 않았다. 하지만 영어가 초등학교부터 시험과목에 포함되자 학부모들은 자녀들을 영어 학원에 등록하게 되었다.

나는 초등학교 때 엄마의 말씀에 따라 영어, 수학 학원을 다녔다. 영어 학원을 다닐 때는 우쭐하면서 학교 영어 시간이 되면 하드캐리(hard carry)를 하였다. 그런데 전학을 오면서 영어, 수학 학원을 모두 끊었다. 수학은 학원을 끊어도 성적을 유지할 수 있었다. 하지만 영어는 달랐다. 학원을 끊자 성적도 떨어지고 과목에 대한 흥미도 떨어졌다. 게다가 영어가 어렵게 느껴졌다. 그즈음 영어시간에 영어로 발표를 하는 게 있었는데 학원을 오래 쉰 탓인지 발표를 할 때 발음이 꼬였다. 나의 발음 때문에 아이들이 나를 비웃었다. 그래서 영어 시간이 되면 두려움이 먼저 들었다. 하지만 꾸준히 집에서 영어 공부를 하다 보니 영어시간마다 찾아오는 두려움과 공포심이 차츰 없어지고 있다. 앞으로 고등학교, 대학교를 갈 즈음에는 열심히 영어공부를 하여 영어에 대한 공포감과 두려움이 없어질 것이라는 희망을 놓지 않고 있다.

아픈 게 죄인가요?

주민정

면역력이 약해 병이 잘 걸리고 어린이나 어르신에게 약하고 아프다는 말을 주로 쓴다. 이 '아프다' 라는 말이 나에게 포함이 된다. 나는 어릴 때부터 약하다는 소리를 많이 들었다. 맨날 아파서 병원에 가니 병원 의사 선생님께서도 나의 이름까지 아신다. 나도 언제부터인지는 모르겠는데 아픔에 대한 두려움을 가지고 있다. 내 주변 친구는 1년 동안 감기 한 번 걸릴까 말까 한다. 엄마에게 매일 귀에 딱지 앉게 말 한 말이 바로 아프단 소리이다. 감기도 왠지 모르게 1년 내내 달고 산다.

2주 전인가 학교에 있을 때 너무 아파서 조퇴를 하려고 했지만, 끝내 말하지 못했다. 나는 아프다고 해서 나 아프다하고 내색을 하지 않기에 선생님께서 내가 별로 아프지 않게 보이는 것 같다. 그때는 좀 아픈 내가 정말 싫다는 생각이 들었다. 그리고 아프다는 말을 다른 사람에게 말하면 대수롭지 않게 여긴다. 아프고 약한 게 죄는 아니라고 생각한다. 예를 들자면 마지막 남은 연필심이 부러졌을 때와 같다. 왜냐하면 나 자신이 아프면 누군가에게는 분명히 말해야하는데 상대방이 오히려 짜증을 내고 '너는 너무 약해' 라는 등의 말을 하면 아픈 사람들은 붙잡고 있는 가녀린 지푸라기가 싹뚝 잘려져 나가는 느낌이 들기 때문이다.

지금이라도 아픈 사람들의 입장도 잘 생각하고 배려해 줘야 한다고 생각한다. 그리고 건강은 행복의 90%라고 말하듯이 매일 약하고 아프지 않게 예방하는 것도 좋은 방법이라고 생각한다.

친구와의 관계

정지원

나는 친구들이나 선생님으로부터 잘 웃는다는 말을 듣는다. 그리고 친절하다는 말도 많이 듣는 편이다. 하지만 나는 그렇게 행동하기까지 노력을 많이 했다. 어릴 때부터 잘 웃었지만, 초등학교 6학년 때 친구와 심하게 싸우고 난 후 중학교 올라와서 '이제 완전 새로운 친구들이니까, 다시 잘 지내보자' 하는 생각에 친절하고 배려하는 친구가 되기 위해 노력했다. 대답할 땐 웃으며 성의 있게 대답해 주고, 물건도 빌려주고……. 그런 행동이 서로에게 좋다 보니 금방 습관이 되었다. 하지만 당연히 단점도 생겼다.

첫 번째, 누군가 나에게 부탁을 하면 거절하기 조금 미안하다는 것이다. 나는 내가 할 수 있는 부탁은 들어준다. 그러나 내가 들어주기 어려운 부탁이거나, 해주기 불가능할 때, 난 아주 조심스럽게 거절한다. 거절을 하면 왠지 미안한 기분이 든다. 또 '그 애가 날 싫어하면 어쩌지' 하는 생각도 든다. 정중히 거절 하면 화내는 사람이 거의 없다는 것을 알면서도 자꾸 미안한 마음이 들 때가 많다. 그래서 난 좀 더 과감해지려고 한다. 거절할 땐 더 정중히 이유를 밝혀서 거절을 하고, 그 뒤엔 미련 없이 잊기로 했다. 그게 나에게 맞는 방법인 것 같다.

두 번째, 또 두려운 것은 친구와 싸워서 오랫동안 서로 미워하게 되는 것이다. 6학년 때, 처음엔 사소한 일이었는데 서로 오해가 쌓여 엉엉 울면서 싸운 적이 있다. 그때 담임선생님께서도 중재를 해주셨지만 형식적인 사과와 앞으로 조심하겠다는 약속뿐이었다. 그 이상으로 다른 사과나 대화는 오가지 않았다. 이후로 남은 6학년 생활 약 7개월 동안 대화 한마디도 하지 않았다. 나는 또다시 지금의 친구들과 싸워서 오랫동안 싫어할까 봐 두렵다. 어제까진 웃고 떠들고 놀다가 내일부터는 말도 섞지 않을 정도로 싫을 존재가 될 수도 있다는 걸 알게 되었기 때문이다. 작년의 경험으로 난 되도록 친구와 아주 작은 일이라도 시비 걸지 않으려고 한다. 친구의 마음에 안 드는 행동은 뒷담이 아닌 충고로 말 할 것이다. 한번 싸우면 자존심 때문에 사과하는 것이 쉽지 않기에 애초에 싸우지 않으리라 다짐한다.

내 생에 중요한 시기인 학창시절에 친구와 싸우며, 어색하게 지내고 싶진 않다. 서로를 존중하고 배려하고 이해하며 좋은 친구가 되고 싶다. 나중에, 싸운 일에 대해서 더는 할 말이 없게 되면, 그 싸운 친구와 다시 인사를 해 볼까 생각해보고 있다. 그 일을 몇 년 동안 머릿속에 담고 있기는 싫으니까. 그때는 어느 친구든간에 친구끼리 다투지 않기를 바란다.

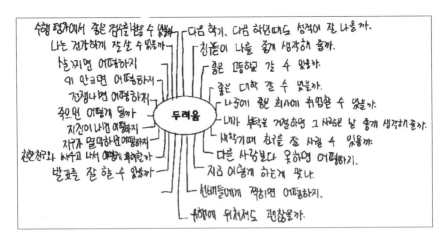

수행 평가에서 좋은 점수를 받을 수 있을까 / 다음 학기, 다음 학년때도 성적이 잘 나올까.
나는 건강하게 잘 살 수 없을까 / 친구들이 나를 좋게 생각해 줄까.
늙으면 어떡하지 / 좋은 고등학교 갈 수 있을까.
키 안크면 어떡하지 / 좋은 대학 갈 수 없을까.
전쟁나면 어떡하지 / 나중에 좋은 회사에 취업할 수 없을까.
죽으면 어떻게 되나 / 내가 부탁을 거절하면 그 사람은 날 좋게 생각해줄까.
지진이 나면 어떡하지 / 새학기마다 친구를 잘 사귈 수 있을까.
차가 멸망하면 어떡하지 / 다른 사람보다 못하면 어떡하지.
친한친구와 싸우고 나서 어떻게 화해할까 / 지금 어떻게 하는게 맞나.
발표를 잘 할 수 있을까 / 선배들에게 찍히면 어떡하지.
후배에 뒤처져도 괜찮을까.

두려움

정지원

잊혀진다는 것

김승주

　나의 두려움은 남들에게 잊혀진다는 것이다. 사람들은 투명인간처럼 다른 사람 눈에 보이지 않는 '도깨비감투'나 초능력을 가지고 싶어한다. 물론 투명인간이 되면 하고 싶은 일이 많아진다. 하지만 투명인간이 되면 다른 사람에게 잊혀진 것이나 다름없다. 보이지 않으니 죽은 것과 무엇이 다를까! 난 죽은 사람처럼 취급받고 싶지 않다.

　만약 남들에게서 잊혀진다면 내가 필요하다고 생각되는 곳에 초대받지도 못하고 외로이 지내야 하며 아무도 나에게 관심을 갖지 않을 것이다. 내 생일이 되었거나 혹은 다쳤을 때 사람들은 관심조차 없을 것이다. 이런 내 안에 자리하고 있는 두려움을 극복하려면 어떻게 해야 할까? 친구를 많이 사귀고 싶다. 슬플 때 위로해 줄 사람, 기쁠 때 축하해 주는 사람, 아플 때 걱정해 주는 사람이 있어야 가치 있는 삶인 것 같다. 아무도 나를 알아보지 못하는 투명인간이 되고 싶다가도 많은 사람들과 어울리며 함께하고 싶은 내 안의 바람을 이 글을 쓰며 깨닫게 되었다.

실수가 두렵다

강산하

실수가 두렵다? 맞다, 두렵다! 거의 모든 사람이 해본 것이 바로 '실수' 일 것이다. 실수란 조심하지 아니하여 잘못함, 또는 그런 행위를 뜻한다. 실수의 종류도 다양하다. 말 실수, 행동 실수, 글 실수 등등 일상생활 속에서 일어나는 무수한 실수들.

아주 사소한 실수라도 좀 창피한 경우가 있다. 이 실수로 밤에 잘 때 이불킥을 하는 경우도 좀 많이 있다.(나만 그런가?) 이불킥을 하지 않으려고 더 이상 실수를 하지 않으려고 해도 하게 되는 것이 실수다. 이런 실수가 실패로 가고 더 큰 실패를 낳게 되는 법이다.

이제부터 내 일상 속 실수를 얘기해 보려 한다. 학교에서 교과 선생님께서 내 이름을 부르실 때가 가장 두렵고 가슴이 떨린다. 발표를 시키셨는데 뭔가 실수를 할까 봐 두려운 것이다. 음악에 재능 1도 없는 사람들은 공감이 갈 만한 이야기이다. 수행평가로 노래나 악기 다루기! 또 내 번호가 1번이라서 항상 첫 번째로 하기 때문에 더욱 떨린다. 특히 노래. 노래에서 높은 음으로 올라갈 때 음 이탈이 날까 봐 두렵다. 내 노래를 열심히 듣고 있는 애들이 웃을까 봐 두렵다. 음악시간에서의 실수, 발표할 때의 실수 등 너무 많은 실수들이 내 일상생활에서 일어나고 있다. 나중에 수능이나 중요한 시험에서의 실수. 사실 벌써부터 걱정이 된다. 그런 실수로 내 인생이 달려 있는 것 같아서 더 두렵다.

이제는 실수에 대한 두려움을 떨쳐버리고 싶다. 실수를 안 하려고 노력하는 것도 의미가 있겠지만, 실수나 실패를 하더라도 다시 일어서면 된다는 마음을 가지려고 한다. 실수는 언제든 일어날 수 있지만 그 실수가 두려워서 아무것도 시도하지 않는 것보다는 낫다. 그리고 실패를 거울삼아 다음번에는 그 부분을 보완해 나가면 될 것이다. 실수나 실패에 대해 좀 너그럽게 받아들이고, 너무 완벽하게 잘하고 싶은 마음을 조금 내려놓는 것이 좋을 것 같다.

낯선 환경에 대한 두려움

김보연

지난 3월, 중학교 입학식을 했을 때 무척 두려웠다. 왜냐하면 아는 친구들이 별로 없었기 때문이다. 원래 우리 초등학교는 거의 대부분 이웃한 강동중을 가서 나도 당연히 강동을 갈 줄 알았다. '설마 내가 안심으로 팅기겠나' 생각했다. 졸업식 날, 학교 배정 종이를 받았는데, 나만 안심이었고, 나랑 친한 친구들은 모두 강동중에 배정받았다. 그 외에 2~3명의 친구들은 신설학교인 새론으로 갔다. 순간 '2지망 새론 적을 걸' 하는 후회도 들었다. 그만큼 안심중 배정받은 친구가 많이 없었다. 그나마도 모두 각자 반이 다 떨어졌다.

입학식 날, 반에 들어가니 모르는 얼굴 밖에 없었다. 딱 한 명 있었다. 초등학교 2학년 때, 반에서 싸운 애. 일단은 모르는 애들이라서 처음 몇 번은 어쩔 수 없이 걔랑 앉았다. 일주일 쯤 지났나? 그 때부터 친구를 만들어 나갔다. 그러면서 지금까지 많은 친구들을 사귈 수 있었다. 입학식 때보다 친구도 많아졌고, 싸웠던 애랑도 다시 친해졌다.

하지만 학년 말이 되어가는 요즘, 2학년 반배정이 두렵다. 모르는 애나 좀 어정쩡한 애랑 같은 반이 되면 쉽게 친구를 사귈 수 없을 것 같기 때문이다. 아마 졸업하고 고등학교를 갈 때 또다시 3월처럼 두려워질 것 같다. 고등학교는 더 흩어지니까 아는 애들이 더 없어질 것 같기 때문이다. 대학교를 가면 아예 다른 지역에서 오는 모르는 애들 밖에 없을 수도 있겠다. 나는 친구 사귀는 것이나 친구들 중에 나만 다른 곳으로 뚝 떨어져나가는 것이 두렵다. 내 안의 메두사는 낯선 환경에 대한 두려움이다.

시간이 약이다

김지수

정말 어릴 때에는 재난에 대해 진지하게 생각해 본 적도 없었고 뭔지도 잘 몰랐다. 하지만 초등학교 2학년 때, 피아노 학원에서 우연히 본 지구멸망 재난 영화가 나에게 두려움을 가져다주었다.

우선 영화의 내용은 다 보지도 않았고 워낙 예전이라 기억은 잘 나지 않지만 지구가 멸망하게 되어 도피를 가는 사람들과 그 과정에서 산전수전을 겪는 주인공 가족의 이야기였다. 영화에 불덩이가 날아오는 장면이나 잔인한 장면의 CG가 정말 실제 같았고 배우들의 분장도 정말 실감이 나서 어린 나에게 매우 충격적이었다.

이런 영화를 보고나서부터 '만약 내가 자고 일어났는데 지구가 멸망해 있으면 어떡하지? 또 그 중에 살아남은 사람이 나밖에 없으면 어떻게 하지?' 라는 극단적인 생각을 자주 했다. 그래서 잠을 잘 자지 못했고 자기 전에 마음속으로 '엄마 아빠 사랑해요!' 를 외치고 자기도 했다. 정확하게 지구가 멸망하는 것이 두려운지, 아님 지구가 멸망했는데 살아 있는 사람이 나밖에 없는 잔인한 상황이 두려운지 잘 모르겠지만 그냥 마냥 두렵고 무서웠던 것 같다.

하지만 지금은 다르다. 예전처럼 잘 때마다 쓸데없는 상상을 하지도 않고 자기 전에 부모님께 사랑한다고 외치고 자지도 않는다. 지금은 그냥 영화를 보기 전과같이 별생각이 없는 것 같다. 어떻게 이렇게 극복할 수 있었는지 나도 잘 모르겠다. 그냥 시간이 지나고 학년이 올라가면서 자연스럽게 극복한 것 같다. 이것을 극복이라고 할 수 있는지도 잘 모르겠지만 나를 무섭게 했던 두려움도 시간이 지나면 그냥 하찮고 굳이 떠올릴 이유가 없어지는 듯하다. 무슨 두려움이든 시간이 지나면 괜찮아지는 것 같다. 앞으로도 나에게 다른 두려움이 생긴다면 굳이 떠올리지 말고 그냥 시간이 가면 극복할 수 있다고 믿어야겠다.

지도교사의 수업 후기

무턱대고 자신의 두려움이 무엇인지 적어보자고 하면 얼마나 생뚱맞을까? 그리고 두려움이라는 게 누군가에게 당당하게 '이거야'라고 금방 말할 수 있다면, 이미 그것은 두려움이 아닐지 모른다. 아이들에게 '내 안의 메두사'를 찾도록 하기 전에 교사인 나의 메두사에 먼저 접근해 보려고 하였다. 남들에게 쉽게 말하곤 했던 지진이나 전쟁 혹은 비행기에 대한 두려움 이면에 자리잡은 죽음과 고통에 대한 공포심. 인간이라면 누구나 느끼는 것이다. 외부로부터 오는 것이기에 내가 어찌할 수 없는 부분이니제외시키자.

이러한 부분 외에 또 무엇이 있을까? 때마침 개인적으로 옆집과 '누군가 현관 앞에 쓰레기를 수북히 버려두고 감'을 통해 내 안에 자리잡은 선입견과 고정관념, 그리고 그 이면에 숨겨진 두려움에 직면할 기회가 있었다. 물론 그 메두사와 용기있게 직면하게 되어 덤으로 얻은 것이 있다면 '관계 회복'이라는 선물이다.

학생들이 자신의 메두사를 발견하고 접근할 수 있도록 '용기'를 주어야 한다. 발견하는 것이 쉽지 않으며, 또한 그것에 용기있게 접근하여 자신을 돌아볼 수 있도록 격려해주어야 한다. 자신을 솔직하게 바라보는 것만으로도 자기도 알지 못하는 힘이 솟아나게 될 것이다.

벨레로폰의 영광과 몰락

「페가수스에게 고삐를 채우는 벨레로폰」
나무방패에 붙인 캔버스에 유채 / 60×55cm / 1596-98 / 우피치 미술관

「페가수스를 타고 키메라를 무찌르는 벨레로폰」
파울 루벤스 / 패널에 유채 / 34×27.5cm / 17세기 / 보나 미술관

우리가 펼치는 신화 이야기

로또 1등 당첨! 그것은 아무에게나 찾아오지 않는 일생일대의 기회가 될 수 있다. 하지만 자칫 낭떠러지로 더욱 추락하는 절체절명의 위기가 될 수도 있다. 돈, 성공, 권력이라는 것이 사람을 쉽게 변하게 만들기 때문일 것이다. 그리스 신화에서 또 한 명의 영웅을 만나게 된다. 로또 1등 당첨이 그를 영웅으로 만들었지만, 쉽게 타락하고 교만해지는 인간의 특성 때문인지 그는 나락으로 떨어지고 만다.

페르세우스가 메두사의 목을 베었을 때 나온 페가수스를 타고 하늘을 나는 영웅담을 듣고 자란 이가 있다. 바로 벨레로폰이다. 그는 페가수스를 너무나 갖고 싶어했고 그런 그의 간절한 바람을 아테나 여신이 들어주게 된다. 페가수스의 황금고삐를 쥐게 된 벨레로폰은 페가수스의 주인이 된다. 날개 달린 말 페가수스를 타고 벨레로폰은 무시무시한 불꽃을 내뿜는 키메라를 처단하고 영웅의 반열에 오른다. 어느 누구 부럽지 않은 큰 권세를 누린다. 하지만 그는 페가수스를 믿고 거만해져서 신들이 사는 올림포스에 오르려다 제우스의 미움을 받는다. 등에 한 마리가 페가수스를 쏘는 바람에 페가수스는 놀라 날뛰게 되고 그 바람에 벨레로폰은 지상으로 떨어지게 된다.

벨레로폰이 지상과 하늘에서 누렸던 화려한 영광만큼이나 그의 최후는 비참하다. 페가수스를 믿고 행했던 그의 교만함이 하늘을 찌른 것이 화근이다. 추락하는 것은 날개가 있다는 말이 있다. 왜 추락하는 것들은 날개가 있는가? 그의 날개로 인해 그는 추락할 수밖에 없는 운명이었을까?

신화에서 유래된 용어

벨레로폰의 편지(Bellerophonic letter)

벨레로폰의 편지는 심부름 하는 사람에게 몹시 불리한 편지라는 뜻으로 자기 자신에게 해롭거나 위험한 내용을 가리킬 때 사용하는 말이다. '벨레로폰의 편지'를 받았다고 하는 것은 불리한 제안을 받았다는 의미로 사용된다.

관련 자료

●

「이윤기의 그리스 로마신화 3」이윤기 지음, 웅진닷컴. 2002. 218~219쪽

벨레로폰은 천마 페가소스를 타고 신들의 궁전 올림포스에 오르고 싶었다. 신들의 궁전에 오르고 싶어할 만큼 오만해진 인간이 여느 인간을 어떻게 대했을지 짐작하기는 어렵지 않다. 이런 인간에게는 희망이 없다. (중략)

벨레로폰은 페가소스를 타고, 하늘의 궁전 올림포스를 겨냥하고 오르고 또 올랐다. 제우스가 가만히 내려다보고 있으려니 벨레로폰 하는 짓이 우습기도 하고 괘씸하기도 했다. 그래서 벼락을 하나 던져 태워 죽이려고 하다가 짓궂은 마음이 생겨, 손가락을 툭 퉁겨 '등에' 한 마리를 지어내었다. 등에는 파리보다 몸피가 큰 파리붙이다. 파리와는 달리 마소의 피를 빨아먹는 것이 등에다.

제우스가 내려 보낸 등에게 날아 내려와 페가소스의 꼬리 밑에 붙어 피를 빨기 시작했다. 페가소스가 몸부림치면서 꼬리를 쳐서 등에를 떨어뜨리려고 했다. 하지만 예사 등에가 아닌, 제우스가 마음먹고 지어 보낸 등에였다.

페가소스의 몸부림에 벨레로폰은 천마의 잔등에게 퉁겨져 나왔다. 벨레로폰은 지상으로 추락하기 시작했다. 페가소스는 하늘 날기를 자유자재로 하는 만큼, 다시 날아 내려와 잔등으로, 추락하는 벨레로폰을 받아줄 수도 있다. 하지만 벨레로폰을 떨어뜨리는 순간 제우스는 페가소스에게 새 일을 맡겼다. 올림포스로 올라가 제우스의 벼락을 짊어지는 임무였다.

벨레로폰은 알레이온 벌판으로 떨어졌다. '알레이온'은 '방황의 들'이라는 뜻이다. 왕좌를 차지하고 있던 자가 방황의 들로 나선 것이다. 벨레로폰은 갈 대밭에 떨어진 덕분에 목숨을 잃지는 않았다. 하지만 그는 절름발이에 장님이 되어 사람들 발길이 뜸한 길만 골라 세상을 '방황'하다가 쓸쓸하게 죽었다.

'등에'를 뜻하는 그리스 말 '오이스트로스(oistros)'는 '광란'과 '과욕'을 뜻하는 라틴어 '오에스트루스(oestrus)'와 같다. 벨레로폰 이야기의 메시지는 이로써 불을 보는 것보다 더 뻔해진다. '추락하는 것은 날개가 있다'는 것이다.

겨드랑이를 더듬어보라. 독자들에게는 어떤 날개가 달려 있는지.

생각을 키우는 질문거리

1. [비교하며 읽기] '벨레로폰의 편지(Bellerophonic letter)'와 유사한 우리나라 옛날이야기 읽기 (예: 왕굴장굴대)
   (⇒ 오늘날에 맞는 새로운 이야기도 창작 가능)

> "이놈 때문에 과거도 보지 못하고 노자를 탕진하였으니, 이 편지를 읽으시는 즉시 이 자를 죽여 저의 깊은 한을 달래 주시기를 바라옵니다."
>
> 하인은 그러니까 자기도 모르는 사이에, '자신에게 지극히 불리한 편지의 배달부' 혹은 '자기 사형 집행 영장의 전달자'가 된 셈이다.
> – 「이윤기의 그리스 로마신화 3」, 이윤기, 웅진닷컴. 2002. p.205

2. 함께 읽은 벨레로폰 신화 이야기와 유사한 뉴스 기사나 사례를 찾아보자.

3. 천마를 가지고 영웅으로 살았지만 결국에는 추락하고 말았던 벨레로폰의 이야기를 통해 자신의 생각을 정리하여 보자.

> ⇒ 인간 욕심의 끝은 어디일까?
> ⇒ 어떻게 욕망을 제어할 수 있을까? 제어할 수 있긴 할까?
> ⇒ 나는 성공하거나 권력을 쥐었을 때 오만하지 않을 자신이 있는가?
> ⇒ 날개를 가지면 누구나 교만해지는 것이 인간일까?

신화를 통해 들여다본
우리들의 생각 그리고 삶

교만은 추락의 시작

임수연

벨레로폰 신화 이야기에서처럼 사람들은 높은 권력이나 지위를 얻으면 원래 겸손했던 사람도 점점 교만해지나 보다. 물론 다 그렇다는 것은 아닐 것이다. 예를 들면 연예인 '유재석'이다. 유재석은 다른 나라에서도 알 정도로 유명하고 인기가 있다. 유재석에게는 분명 '날개'가 있다. 하지만 유재석은 날개가 있음에도 불구하고 교만하지 않고 겸손하다. 날개가 곧 교만의 시작은 아닌 것이다.

벨레로폰은 날개가 생긴 뒤 교만의 유혹에 넘어갔다. 우리들도 날개가 생겨서 높이 올라간다면 처음 시작할 때의 마음과 동일하게 교만해지지 않아야 한다. 교만은 추락의 시작이기 때문이다. 추락하는 것이 두려워 날개를 피하기보다는 날개가 생긴 뒤 찾아 올 수 있는 교만을 두려워하고 거리를 두어야 한다. 우리들은 유재석과 같이 날개가 생겨 정상에 있어도 더 높은 곳에 마음을 두지 말고 겸손히 자신의 마음을 다스려야 할 것이다.

꼬리에 꼬리를 무는 인간의 욕심

강서영

인간의 욕심이란 끝이 없는 것 같다. 내가 처음 핸드폰을 가졌을 때, 전화와 문자만 되는 폰이라도 있었으면 좋겠다고 생각했다. 그런데 지금은 성능이 더 좋고 디자인도 더 예쁜 폰을 가지고 싶다. 또 폰 게임이나 컴퓨터 게임을 할 때면, 처음에는 '딱 30분만 해야지' 했는데 시계를 보면 30분 넘게 하고 있는 나를 발견하곤 한다. 쇼핑을 할 때도 마찬가지다. '이것만 사고 안 사야지' 하는데, 또 다른 새롭고 좋은 물건을 쇼핑하는 게 사람의 마음인 것 같다.

그리스 로마 신화에 나오는 벨레로폰이나 현실에서의 사람이나 인간의 욕구는 다 비슷해 보인다. 벨레로폰도 페가수스를 타고 멀리 날고 싶어 점점 하늘 높이 올라간다. 그러다 인간들은 갈 수 없는 신들의 궁전인 올림포스에 오르고 싶어 한다. 그러다 이를 괘씸하게 여긴 제우스가 보낸 등에 때문에 페가수스가 날뛰자 벨레로폰은 페가수스에서 떨어진다. 다행히 죽진 않았지만 그의 남은 인생은 절음발이에다 장님으로 살아간다.

이 신화 이야기는 꼬리에 꼬리를 물듯 점점 커져가는 인간의 욕심은 끝이 없다는 것을 알려 주는 것 같다. 또 그 욕심의 끝은 처참한 결과를 낳는다는 것을 알려 주는 것 같다. 그래서 우리는 이 끝없는 욕심을 어느 정도 '절제' 할 수 있어야 한다고 생각한다.

인간 욕심의 끝은 어디인가?

김보연

인간의 욕심은 끝이 없는 것 같다. 왜냐하면 자신이 이루고 싶은 무언가를 이루면 그것보다 더 좋은 것을 더 이루고 싶고, 그것을 이루면 그것보다 높은 것을 또 이루고 싶은 것이 인간의 마음이기 때문이다.

내가 6학년 때, 휴대폰이 살짝 맛이 가서 렉도 많이 걸리고 다른 폰으로 바꾸고 싶은 마음이 간절했다. 그리고 몇 달 후에 휴대폰을 바꿀 수 있게 되었다. 처음에는 새 휴대폰을 가져서 좋긴 하였지만 바꾼 폰보다 더 좋은 폰이 또다시 눈에 들어왔다. 이제는 이유없이 바꾸고 싶어진 것이다. 그리고 먹을 때에도 마찬가지이다. 충분히 맛있는 간식을 먹고 있음에도 불구하고 더 맛있는 것을 원하고 또 그것을 채우고 나면 더 좋은 간식을 먹고 싶어진 적이 있다.

나는 항상 더 좋은 무언가를 원하는 성질이 있다. 물론 내가 가지고 있는 것에 만족할 때도 있지만 흔하지 않다. 옛날에 수행평가를 할 때, 처음에는 C를 받았다. 나는 '망했구나…….' 생각했다. 그래서 많은 연습을 거쳐 다시 수행평가를 쳤을 때 A가 나왔다. 근데 선생님은 S와 S+까지 있다고 하셨는데 실제론 주지 않으시는 것 같았다. 안 주시는 것을 깨닫고도 나는 S+를 받고 싶었다. S도 없는데 S+는 어떻게 받나? 예전보다 훨씬 좋아졌는데 왜 그 점수에 만족하지 못할까?

과연 인간의 욕망은 제어할 수 있는 걸까? 벨레로폰의 이야기를 읽으면서 나를 돌아보는데, 욕망을 따라가는 것은 끝이 없다는 생각이 든다. 적절한 자기 절제와 통제를 통해 자신의 욕망을 제어할 필요가 있다. 절제력 있는 사람이 되기 위해 나를 단련시켜 나가고 싶다.

신화를 통해 살펴본 인간의 욕망

주민정

인간은 누구나 욕심을 가지고 있다. 신화 속 벨레로폰과 비슷하다. 욕망과 이기심은 다른 사람이 아닌 바로 자신을 나빠지게 하고 병들게 만든다.

나도 또한 욕심이 있다. 먹을 것에도 욕심이 있고, 물건에도 욕심이 있다.

사고 싶은 것이 생기면 어떻게든 사려고 집착한다. 이기적인 마음이라는 것을 알더라도 말이다. 또 어린 아이들은 장난감이라든지 마음에 드는 게 있으면 조르거나 울어서라도 얻으려고 한다. 이것을 보면 우리들은 태어날 때부터 욕심을 가지고 있지 않을까라는 생각이 든다. 아니면 신이 인간들을 만들때 실수로 욕심을 더 많이 넣은 것은 아닐까라는 상상도 해 본다.

'추락하는 것은 날개가 있다' 는 말을 벨레로폰과 관련지어 생각해 본다. 날개가 있으면 하늘을 쉽게 올라갈 수 있지만, 어느 한 순간의 욕심이나 이기심이 자신을 추락시킬 수 있다는 말로 해석된다. 요즘 뉴스에 자주 나오는 최순실 이야기가 생각난다. 대통령이라는 연결고리로 인해 최순실은 더 높이 성장하고 성공할 수 있었지만 지나친 욕심과 이기심이 그녀를 추락시킨 것과 같다.

벨레로폰뿐만 아니라 인간은 누구나 욕심을 가지고 있다. 하지만 사람들이 그 욕심을 제어하려고 노력한다면 그 마지막은 바꿀 수 있다고 생각한다. 신화를 통해 우리의 욕망을 들춰 보여주면서 이러면 안 된다고 말하는 것 같다.

고양이와 생선가게

원성욱

인간은 살다 보면 돈, 권력, 게임 등을 알아가면서 욕망이 생긴다. 인간의 욕심은 끝이 있을까? 내가 만약 이런 질문을 받는다면 '인간의 욕심은 끝이 없다' 고 말하고 싶다. 사람은 심지어 죽을 때도 욕심을 낸다. '아, 조금만 더 살 수 있다면' 하는 욕심을 가지지 않을까? '인간은 욕망을 제어할 수 있다' 고 말하지만, 스스로의 힘보다는 대부분 다른 사람의 의해서 욕망을 제어한다. 다른 사람의 이목이나 평가 때문에 욕망을 억누르는 것이다. 스스로 욕망을 제어하는 사람이 있다 하더라도 아마 극소수일 것이다.

날개(돈, 권력)를 가지면 누구나 교만해지는 것이 인간일까? 날개 즉 권력을 가지면 누구나 교만해질 것이다. 만약 고양이한테 생선가게를 맡겨 놓았다고 치자. 그럼 고양이는 '생선가게'라는 권력을 쥐었으니 생선가게에 있는 생선을 다 먹어 버릴 것이다. 이처럼 사람들도 날개(돈, 권력)를 가지게 된다면 교만해질 수밖에 없다.

최근 '최순실'이란 사람을 보면 알 수 있다. 과거 최순실은 최태민 목사의 딸이며, 박근혜 대통령과 친한 사이였다. 하지만 친한 친구가 대통령이 되자 최순실도 당연하다는 듯이 권력을 누렸다. 자신의 딸을 명문대에 입학시키고, 미르재단, K-sport 재단 설립 등 많은 잘못을 저질렀다. 사건이 밝혀지기 전까지 많은 부와 권력을 누렸다. 이 사건처럼 인간은 끝없이 욕망을 가지고 있으며 권력을 통해 그 욕망을 계속 이루어낸다.

그렇다면 나는 성공하거나 권력을 가졌을 때 오만하지 않을 자신이 있는가? 사람은 누구나 권력을 가지면 오만하게 된다. 단지 다른 사람들 눈에는 오만하지 않은 사람으로 보일 뿐이지 않을까?

지도교사의 수업 후기

벨레로폰 신화를 수업 내용으로 준비할 즈음, 우리나라 일간지와 뉴스는 '최순실' 사건으로 도배되고 온 나라가 떠들썩할 때였다. 신화 속 이야기가 현실과 정확하게 맞아떨어지는 순간이었다. 인간이라면 누구나 돈과 권력, 명예에 대한 욕망이 있음을 부정할 수 없다. 하지만 누구나 페가수스라는 천마를 얻으면 신의 영역을 넘보았던 벨레로폰처럼 자신의 욕망을 제어할 길은 없는 것일까?

끝 모를 내 안의 욕망을 제어할 무기는 뭘까? 고민을 거듭하던 끝에 '절제'가 아닐까 조심스레 생각해 본다. 학생들이 벨레로폰 이야기를 통해 자신이 중요하게 생각하는 신념을 지켜나가는 것과 자신의 마음을 관리할 수 있는 내적 힘을 키워나갈 수 있으면 좋겠다.

인간이자 신이었던 천하장사
헤라클레스

「네메아의 사자를 처치하는 헤라클레스」
프란시스코 데 수르바란 / 캔버스에 유채 / 166×151cm / 1634 / 프라도 미술관

우리가 펼치는 신화 이야기

길거리에서 내가 입은 옷과 똑같은 옷을 입은 사람을 만난 적이 있는가? 어떤 생각이 드는가? 유행하는 옷을 잘 샀다는 안도감이 들 수 있다. 하지만 한편으로는 나의 개성이 누군가와 동일시되어 버리는 것 같아서 다시 입기가 꺼려질 수 있다. 이처럼 누군가와 같아진다는 것은 어느 곳에 속한다는 안도감을 주기도 하지만, 자신의 색깔이 불분명해져서 개성이 사라져버리는 두려움도 안겨 준다.

우리는 헤라클레스의 12가지 과업 달성을 지켜보면서 그를 최고의 영웅으로 손꼽는 것에 자연스레 수긍하게 된다. 신이기도 하고 인간이기도 한 헤라클레스이기에 그는 누구도 펼쳐보일 수 없었던 유일무이한 행보를 이어간다. 그는 그 누구도 해내지 못했던 일을 함으로써 다른 사람과 확연히 구분되는 자신만의 가치와 영웅됨을 드러내는 것이다.

우리가 영웅을 논할 때 평범한 사람은 해 낼 수 없는 그의 행적(기적에 가까운 업적)을 통해 영웅을 평가하고 기억한다. 가령 우리가 이순신 장군의 리더십을 높이 사는 이유도 그가 불리한 상황 속에서도 왜군을 물리쳤던 여러 전투를 통해 그를 기억하게 되는 것과 같은 이치이다.

이렇듯 우리는 우리 삶에 있어 누구나 영웅이 되길 원한다. 남들이 하지 못하는 나만이 할 수 있는 무언가를 찾아내고 그것을 인생에 남기고 싶어 한다. 다른 사람과 같아지고 그 속에 속하길 원하면서도 끊임없이 차별화를 두고 싶어하는 것이 바로 우리들이다.

나를 나답게 만드는 개성화의 과정을 상징적으로 보여준 것이 헤라클레스의 12가지 과업 달성이라고 한다. 우리는 어떤 삶을 살아내고 싶은가? 나를 나답게 만들기 위해 나는 어떤 과정을 겪어내고 있는가? 내 안에 펼치지 못하고 접어둔 나의 꿈은 무엇인가? 사회적인 규범이나 고정관념 속에 가두어둔 내 안의 나를 찾아보자.

 헤라클레스와 같은 영웅이 되길 원한다면 삶의 굽이굽이 숨겨진 고난과 역경을 온몸으로 부딪혀야 한다. 영웅이 되기 위해서는 그 과정의 험난함도 마주해야 하는 것이다. 나는 나의 영웅됨을 위해 지금 어떤 모습으로 있으며 어떤 노력을 기울이고 있는가?

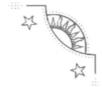

신화에서 유래된 용어

헤라클레스의 기둥(Pillars of Hercules)

헤라클레스는 헤스페리데스 동산을 넘어 바다를 건너기 위해 아틀라스 산맥을 넘어가야 했다. 헤라클레스는 거대한 산을 오르는 대신 괴력을 이용해 산줄기를 없애버렸다. 때문에 당시 바다를 막고 있던 아틀라스 산맥이 갈라지면서 대서양과 지중해가 생겨났고 그 사이에 조그만 지브롤터 해협이 생겨나게 됐다고 한다. 부서진 산의 한 부분이 지브롤터이고 나머지 한 부분이 북아프리카의 세우타나 모로코의 에벨 무사라는 것으로 연관될 수 있다. 이후로 이 두 산줄기가 헤라클레스의 기둥으로 불리기 시작했다.

「**헤라클레스의 기둥들**」 미쉘 코르네이유 1세 / 소묘 / 30.6×44.7cm / 17세기경 / 루브르 박물관

관련 자료

●

「심리학으로 읽는 그리스 신화」, 김상준 지음, 보아스, 2016. 190쪽

　헤라클레스의 열두 가지 과업은 그를 그답게 만들기 위해 필요한 분화되지 않은 무의식의 요소들이다. 이 과업을 완수한 것은 곧 헤라클레스의 개성화 과정이 완수되었음을 의미한다. 그는 더 이상 남들과 같지 않으며, 이 세상에 하나밖에 존재하지 않는 한 개인으로 성숙하고 탄생한 것이다. 물론 이런 개성화 과정은 헤라클레스의 열두 가지 과업이 상징하고 있듯이 결코 쉬운 일이 아니다.

나

나라는 사람,
바꾸고 싶은 게 많습니다.
눈, 코, 성격, 습관 다 바꾸고 싶습니다.

하지만 모든 나는 가나다의 중간.

가가 되지 못한 것을 슬퍼할 게 아니라
다가 되지 않은 것에 감사하기로 했습니다.

나는 긍정입니다

나는 눈을 뜨면 그 시간이 새벽 4시든 5시든 이불 속에서 뒤척이지 않고 10분 내에 집을 나와 작업실을 향하는 사람이다. 나는 불면의 새벽을 힘들어하는 사람이 아니라, 시간의 소중함을 아는 사람이다. 너는?

나는 컴퓨터 자판 앞에 앉으면 생각이 꽉 막혀 글을 쓰지 못하는 사람이다. 연필을 들어야 생각이 풀리는 사람이다. 나는 시대의 흐름을 쫓아가지 못하는 사람이 아니다. 시대에게 조금만 속도를 줄이라고 명령하는 사람이다. 너는?

나는 오랫동안 내 책꽂이에 꽂혀 있는 읽지 않은 책과 눈이 마주치면 시선을 피해 버리는 사람이다. 나는 책을 싫어하는 사람이 아니라, 마음이 동하지 않는 일을 억지로 하지 않는 사람이다. 너는?

나는 점심을 먹고 졸리면 그 시간이 오후 2시든 3시든 집으로 가 이불 펴고 낮잠을 자는 사람이다. 낮잠 자고 일어나 마음이 동하면 다시 작업실로 나가는 사람이다. 나는 생활이 불규칙한 사람이 아니라, 생각이 자유로운 사람이다. 너는?

나는 풀지 못한 숙제를 그대로 두고 작업실을 나올 때, 문이 쾅 닫히는 순간 그 숙제를 머릿속에서 깡그리 지워버리는 사람이다. 나는 무

책임한 사람이 아니라, 걱정을 연장시키지 않는 사람이다. 너는?

 나는 강연장에 들어설 때 여기에 모인 사람들은 내 강연을 듣고 싶어 파리에서 비행기 타고 날아왔다고 믿어 버리는 사람이다. 나는 근거 없는 자신감 과잉에 걸린 사람이 아니라, 어떻게든 자신감을 붙들려고 노력하는 사람이다. 너는?

 나는 학생들이 쓴 글을 읽고 피드백을 해 줄 때, 그 글이 가진 실오라기만 한 장점이라도 꼭 찾아 빨간 펜으로 GOOD!이라고 써 주는 사람이다. 나는 칭찬에 헤픈 사람이 아니라, 칭찬의 힘을 아는 사람이다. 너는?

 나는 축구중계 생방송을 놓치면 재방송을 생방송처럼 보려고 그 순간부터 경기 결과를 알려주는 모든 뉴스에 눈을 감고 귀를 막는 사람이다. 나는 성질이 괴팍한 사람이 아니라, 가능한 한 모든 방법을 동원하여 나만의 시간을 즐기는 사람이다. 너는?

 나는 모든 찐빵을 다 좋아하는 사람이 아니라 은마아파트 지하상가에서 파는 팥이 듬뿍 들어간 천 원짜리 찐빵만 좋아하는 사람이다. 나는 식성이 까다로운 사람이 아니라, 순정을 바칠 줄 아는 사람이다. 너는?

 나는 영화나 드라마를 볼 때뿐 아니라 가요무대를 보면서도 그 노래를 듣던 시절이 생각나 눈물을 뚝 흘리는 사람이다. 나는 싸구려 감성,

낡은 감성을 지닌 사람이 아니라, 나만의 감성을 놓지 않은 사람이다. 너는?

나는 언제 어디서 누구랑 소주를 마시든 받은 잔을 한 번에 들이키는 법이 없이 늘 절반씩 꺾어 마시는 사람이다. 나는 술을 겁내는 사람이 아니라, 남의 눈치 보지 않고 사는 사람이다. 너는?

나는 가끔, 저 영화 만든 감독이 누구냐, 같은 문제로 집사람과 내기를 하고 결국 지갑을 여는 사람이다. 나는 기억력이 부실한 사람이 아니라, 지는 기쁨, 누군가를 기쁘게 해 주는 기쁨을 아는 사람이다. 너는?

나는 고등학생에게 좋은 책 추천해 달라고 하면 내 책을 읽으라고 하는 사람이다. 40대에게도 내 책을 권하는 사람이다. 나는 책 팔아먹으려고 얼굴에 철판 두른 사람이 아니라, 내 책이 그렇게 부끄러운 책은 아니라는 자부심을 가진 사람이다. 너는?

나는 지금 긍정이라는 핑계를 대며 자랑도 아닌 것을 자랑으로 둔갑시키는 손발이 오글거리는 짓을 하면서도, 괜찮아 뭐 어때, 하는 표정을 짓는 사람이다. 나는 뻔뻔한 사람이 아닐, 나를 사랑할 줄 아는 사람이다. 너는?

－「인생의 목적어」, 정철, 리더스북, 2013. 251~254쪽

생각을 키우는 질문거리

1. 헤라클레스의 12가지 과업을 글과 그림으로 표현하여 정리해 보자.

2. 나는 어떤 사람입니까?

    ⇒ 윗글의 형식을 모방하여, 자신의 삶을 돌아보고 자신의 현재를 긍정하는 글을 써 봅시다.

3. 다음 질문을 자신에게 던져보고 떠오르는 생각을 글감으로 하여 글로 표현하여 보자.

> ⇒ 내 안에 숨어 있는 나의 욕망(아무에게도 보여주지 않았던 '빨간' 무언가)을 들여다보자. 즉 현실에서 나는 그러하지 못하지만 진짜 내가 바라는 내 모습은 어떤 것인가?
>
> ⇒ 사회의 관습이나 규칙, 혹은 고정관념으로 나를 제한하고 있는 부분이 있는가?
>
> ⇒ 다른 사람과 다른, 나만의 개성이 있는가? 나는 어떤 개성을 가진 사람이 되고 싶은가?
>
> ⇒ 내가 원하는 개성 있는 삶을 실현하기 위해서는 부단한 노력과 훈련이 필요하다. 미래의 나를 위해 현재 노력하고 있는 부분이 있다면?
>
> ⇒ '내가 나 답다' 혹은 '내가 나 답지 않다' 고 느낀 일이 있는가?

신화를 통해 들여다본
우리들의 생각 그리고 삶

지금의 나를 긍정하기

정지원

나는 먹을 것이 생기면 친구와 나눠 먹는 사람이다. 나는 그저 순진한 사람이 아니라, 나눔의 즐거움을 아는 사람이다.

나는 친구에게 문제를 잘 가르쳐주는 사람이다, 나는 잘난 척하는 사람이 아니라, 가르쳐주는 것도 공부이고, 서로에게 도움이 된다는 것을 아는 사람이다.

나는 아이스크림을 고를 때 먹어본 것 중에서만 고르는 사람이다. 새로운 아이스크림 먹는 것을 두려워하는 것이 아니라, 내가 뭘 좋아하는지, 뭐가 맛있는지 아는 사람이다.

강산하

나는 좋아하는 연예인이 TV에 나오면 곧장 나가서 보는 사람이다. 못 보면 재방송으로 꼭 보는 미친 사람이 아니라 순수 열혈팬이다.

김남혁

나는 문제를 풀다가 모르는 게 있으면 꼭 그것부터 푸는 사람이다. 나는 무식하거나 고집이 센 사람이 아니라 끈기있게 잘 파헤쳐 나가는 사람이다.

임수연

나는 낙서장에 낙서를 많이 하는 사람이다. 생각이 없는 사람이 아니라 내 생각을 재미있게 그림으로 표현하려는 사람이다.

나는 책상에 낙서를 보면 지우는 사람이다. 쓸데없는 일로 시간을 낭비하는 사람이 아니라 주변을 깨끗하게 만들고 싶은 사람이다.

강서영

나는 손톱을 물어뜯는 사람이다. 나는 애정결핍이 아니라 큐티클이 지저분한 것을 보면 당장 제거하고 싶은 깔끔한 사람이다.

나는 새로운 것에 도전하는 것을 잘 못하는 사람이다. 나는 도전하는 것을 두려워하는 것이 아니라 내가 좋아하는 것을 잘 아는 사람이다.

정승민

나는 사소한 것으로 남을 웃기는 사람이다. 진지하지 못한 사람이 아니라 사소한 것으로 사람들을 행복하게 해주는 사람이다.

주민정

나는 음식점에 갔을 때 음식을 잘 고르지 못하는 사람이다. 나는 선택 장애가 있는 게 아니라 내가 진정 선택하고 싶은 게 무엇인지 알고 싶은 신중한 사람이다.

원성욱

나는 게임을 많이 하는 사람이다. 나는 게임 중독이 아니라 친구들과 어울리며 게임하는 것 자체를 즐기는 사람이다.

헤라클레스의 12가지 과업을 글과 그림으로 표현

정승민

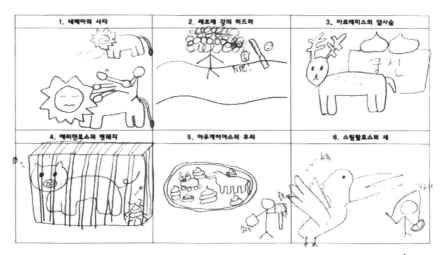

강서영

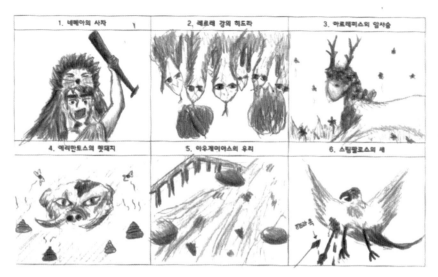

김지수

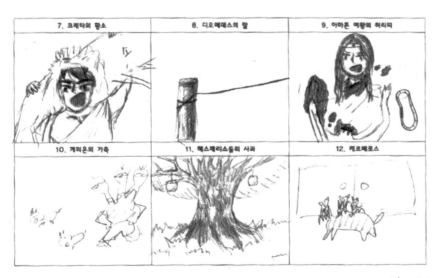

김지수

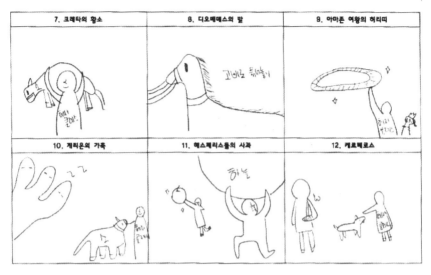

정지원

헤라클레스의 12가지 이야기에서 인상 깊은 부분

주민정

헤스페리스들의 사과 (11번째 과업)

잔머리를 사용하여 그 상황을 잘 넘긴 헤라클레스의 재치가 재미있다.

김남혁

헤스페리스들의 사과 (11번째 과업)

헤헤라클레스 하면 강인함이 떠오르는데 이 과업 달성에서는 지혜롭게 대처하는 부분이 돋보이고 멋있어 보인다.

헤스페리스들의 사과 (11번째 과업)

아틀라스가 하늘을 떠받치기 싫어하자 어깨에 받쳐둘 베개를 가지러 간다고 하고 재치있게 대처하는 모습이 웃겼다.

네메아의 사자 (1번째 과업)

메아의 사자는 험악하고 여신이 키워준 거라서 잘 죽지도 않는다. 그럼에도 불구하고 헤라클레스는 멋지게 무찌른다. 게다가 그 사자 가죽을 쓰고 에우리스테우스에게 갔을 때에는 왠지 모르게 속이 시원해서 기억에 남는다.

레르레 강의 히드라 (2번째 과업)

목 하나를 베면 2개가 된다는 사실이 참신하고 재미있었다.

케르베로스 (12번째 과업)

하데스의 개인 케르베로스를 데려온 것이 인상 깊다. 지하 세계의 신인 하데스를 이겼다는 의미인 것 같다. 인간인 헤라클레스가 지하세계에서 살아돌아온 것이 대단하다.

내가 바라는 나

정지원

헤라클레스는 12가지 과업을 통해 영웅이 되었고, 헤라클레스의 삶은 '나를 나답게 하는 개성화의 과정'을 상징적으로 보여준다고 한다. 12가지 과업으로 인해 헤라클레스를 헤라클레스답게 만들었다는 것이다. 나 또한 나만의 개성을 가지고 나답게 되고 싶다고 생각한다.

현실에서 나는 사회의 규칙, 고정관념 등으로 내가 바라는 진짜 내 모습을 찾지 못하거나, 실현하지 못하는 경우가 많다. 예를 들면 학교의 규칙 때문에 내 개성을 표현할 수 있는 사복을 입지 못하고, 단정하게 남들과 같은 교복을 입어야 한다. 머리 길이도 제한되어 있고, 치마 길이도 정해져 있다. 하지만 또 너무 튀면 관심 받고 싶어하는 사람처럼 보이고, 나중에는 왕따가 될까 봐 두려워서 너무 독특하지도 않고, 그렇다고 존재감이 없는 것도 아닌 그저 평범한 학생, 사람으로 지내고 싶은 생각도 든다. 하지만 이런 것들은 나만의 개성을 없애는 일인 것 같다.

개성이란, 나를 나답게 만들어 주는 중요한 요소라고 생각한다. 내 성격, 내가 좋아하는 것, 싫어하는 것, 하고 싶은 것, 원하는 것, 모두 나를 개성있게 만들어주기 때문이다. 나는 아직 내 개성이 무엇인지 잘 모르겠다. 운동을 잘하는 나? 공부를 잘하는 나? 잘 웃는 나? 아직 개성이라고 하기에는 뭔가 부족해 보인다. 어떻게 하면 내가 나답게 될 수 있을까.

나는 어디서나 당당한 사람이 되고 싶다. 내가 옳고 바른 일을 했다면, 언제 어디서든 난 나 자신과 모두에게 떳떳하고 당당하며 자신감 있는 사람이 되고 싶다. 또 열심히 하는 사람이 되고 싶다. '정지원'을 생각하면 '노력하는 사람'이라는 단어가 떠오르도록 하고 싶다. 이 모든 걸 이루기 위해서는 난 지금부터 노력해야 한다. 발표할 땐 자신감 있고 큰 소리로, 모둠활동 할 때는 내 할 일을 열심히 하는 것을 통해 난 나만의 개성을 만들어 낼 수 있을 것이다.

나중에 난 정말 개성 있는 사람이 되었으면 좋겠다. 개성 있는 사람이야말로 자신의 삶을 즐겁고 의미 있게 사는 사람이다. 모두가 자신만의 개성을 가지고 행복하게 살았으면 좋겠다.

'사랑해'라는 용기의 한마디

임수연

'사랑해'라는 말을 부모님께 마지막으로 말한 지가 5년은 넘은 것 같다. 사랑해. 말하기 쉬우면서도 무척 어려운 말. 나도 '사랑해'라는 말이 오글거리는데 엄마, 아빠는 얼마나 오글거리실까. 그래서 우리 집은 서로 잘 챙겨주기는 하지만, '사랑해'라는 말은 하고 싶어도 못한다.

우리집에는 강아지가 있다. 나는 집에 돌아오면 항상 강아지와 놀아준다. 놀아주면서 '사랑해'라는 말을 많이 한다. 친구끼리도 동성인데 장난으로 '사랑해'라는 말을 많이 하고, 심지어 식물에게도 무럭무럭 자라라고 '사랑해'라고 말한다. 그런데 왜 나는 진심으로 사랑하는 부모님께는 그 말을 못할까? 용기가 부족한 탓인 것 같다. 나는 어릴 때부터 너무 소심해서 그 성격을 고치려고 정말 노력했다. 커가면서 자신감이 채워졌다고 생각했는데, 아니었나보다. 아직 용기가 부족해 입이 잘 떨어지지 않는다. 그래도 용기를 내 입을 떼려고 노력하고 싶다.

앞으로는 부모님께 자기 전에 '잘 자~'라는 말과 함께 '사랑해'라고 용기 내서 말해야겠다. '사랑해'만 말하면 오글거리니까 '뿅', '뿌' 등을 붙여서 오글거리지 않는 말투로 말하고 싶다. 이렇게 '사랑해'라는 말을 많이 하다 보며 아마 5년 후쯤에는 내가 애교쟁이가 돼 있을 것 같다.

CAZY MY LIFE

강산하

오늘의 글쓰기 주제는 '나답게 사는 삶'이다. 나답게 산다? 내 성격, 원래 나는 되게 미친(?) 짓을 많이 해서 잔소리를 많이 듣는 성격이다. 가끔 화날 때 엄마 말씀에 따박따박 말대꾸도 하고, 화낼 때도 있는 그런 나, 바로 '강산하'다. 이런 진짜 '나'처럼 살면 욕먹을 것 같아서 좀 자제하며 살아간다. 하지만 좀 익숙한 친구, 친한 친구들에겐 내 본모습을 다 드러내며 산다.

내가 올해(중1) 새 학기가 몇 달 지나고 나서, 내 모습을 보여준 적이 있다. 바로 남자 목소리로 노래 부르기!! 친구들이 재미있어 해서 계속 하다 보니 진짜 내 목소리가 남자 목소리가 될 수도 있을 것 같아서 이제는 하지 않는다. 친구들에게 등 떠밀려 체육 선생님 앞에서도 남자버전으로 '보여줄게'(에일리)를 부른 적이 있다. 이런 내 본래의 모습을 보여주니 흑역사도 생성되고 좀 그렇지만 내가 다른 친구들에게 재미있는 친구로 인식되어서 좋기도 좋았다.

내 본모습 덕분에 지금의 내 친구들과 친해질 수 있었던 것 아닐까? 목소리 변조하는 것 말고도 내 본모습을 친구들에게 다 보여주고 나니 뭔가 학교생활이 더 편해진 것 같고, 조금은 특이하지만 재밌는 내가 되어 좀 좋았던 것 같다. 친구들에게 일부러 보여주고 싶은 마음이 아니라 나의 편한 삶을 위해서 내 본모습을 드러낸다. 이런 내가 특이하지만 조금은 괜찮은 것 같기도 하고 그렇다.

거짓말 없는 세상

주민정

나는 거짓말 없는 세상에서 살고 싶다. 세상의 모든 사람은 거짓말을 한 번

이상은 하고 살아간다. 그 상황에 맞게 자신이 생각한 말을 거짓으로 꾸며내고 말한다. 사실 나도 거짓말을 한 적이 많다. 학원을 빠졌을 때 엄마에게 혼이 나지 않으려고 거짓말을 한 적이 있다. 다른 친구들도 이런 적이 있을 것이다.

나를 돌아보니 나답게 살아가려면 일단 거짓말부터 줄여야겠다는 생각이 들었다. 그리고 모든 사람들이 자신답게 살아갔으면 좋겠다. 하지만 어떤 상황이든지 거짓말을 할 때도 있어야 하고, 하지 않아야 될 때도 있다. 줄여나가야 되지만 이 거짓말도 중독성이 있는 것 같다. 게임 중독처럼 자꾸 끌려가는 것 같다. 점점 나답게 살아가려는 확신이 들기 시작하면 분명 거짓말도 고치게 될 것이다. 그리고 자신에 대한 믿음은 더 굳건해질 것이다.

나는 거짓말 하는 사람을 볼 때 나쁜 사람이라는 생각을 가지고 있다. 거짓말이 나쁘다고 생각하는 게 아니라 그 순간 자기 내면의 목소리와 솔직함, 그리고 믿음까지 깨버리는 것 같이 안타깝게 느껴진다.

지도교사의 수업 후기

헤라클레스의 12가지 과업에 대한 글을 읽고 글의 내용을 그림으로 표현하도록 하는 활동을 학생들이 재미있어 하였다. 하지만 12가지를 모두 그려야 했기 때문에 생각보다 시간이 많이 걸리는 편이었다. 그래서 앞장에 비해 뒷장으로 갈수록 그림의 세심함이나 집중력이 떨어지는 느낌이다.

그래서 다음에 이 수업을 계획한다면, 개인별 활동이 아니라 모둠별(4인 1모둠) 활동으로 제시하고 싶다. 과업당 1장씩 총12장의 카드를 모둠에서 만들어 내는 것이다. 그러면 학생 1인당 3장 정도의 그림만 그리면 되고 함께 12장을 늘여놓고 이야기를 나눌 수 있어서 더욱 좋을 것 같다.

12가지 과업 달성을 개성화의 과정으로 해석한 것은 어느 책에서 아이디어를 얻은 것이다. 개성화의 과정이라는 말 자체는 학생들에게 어렵다. 쉽고 분명히 제시할 수 있는 예화가 있다면 학생들이 글쓰기 활동에 더 쉽게 몰입할 수 있을 것이다. 솔직히 학생들의 글이 '개성화'를 온전히 이해하고 표현한 것 같지 않아서 지도가 조금 설익었다는 걸 인정해야 할 것 같다.

파리스의 선택

「파리스의 사과를 들고 있는 비너스」
바르톨로메우스 반 데르 헬스트 / 캔버스에 유채 / 105 × 68cm / 1664 / 릴 미술관

우리가 펼치는 신화 이야기

우리는 살아가면서 수많은 '선택'을 하게 된다. 사소하게는 오늘 무엇을 입을까, 무엇을 먹을까를 고민한다. 그리고 어느 고등학교, 어느 대학, 어느 학과를 지망할지 등등 무수한 선택들이 우리 앞에 놓여 있다. 선택의 순간이 모여 내 삶을 만들어 간다면, 나는 앞으로 어떤 기준으로 선택을 해야 할까? 한 순간의 선택이 내 삶을 크게 결정지을 수 있다면 그 선택은 더욱 신중해야 할 것이다.

신화 속 파리스의 선택은 트로이 전쟁의 발단이 된다. 세 여신의 세 가지 조건 중에서, 그는 지상에서 가장 아름다운 여인을 아내로 주겠다는 아프로디테의 조건을 받아들인다. 하지만 가장 아름다운 여인 '헬레네'는 이미 누군가의 아내이다. 비극은 여기에서 시작된다. 헬레네의 남편이 잠시 궁을 비운 사이 아프로디테의 도움을 받아 파리스는 헬레네와 함께 트로이로 도망한다. 이는 결국 나라간 다툼이 되어 10년간의 전쟁이 발생하는 원인이 된다.

한 순간의 선택이 전쟁을 몰고 왔고, 무수한 영웅들이 전쟁터에서 쓰러졌다. 파리스도 예상치 못한 결과였으리라 생각한다. 하지만 다시 생각해 보면 파리스가 세 여신 중 어느 누구를 선택하여도 여신들의 질투와 시기로 인해 전쟁은 일어나기 마련이었을 것 같다.

트로이 전쟁의 발단이 된 파리스의 황금사과 사건은 흥미롭다. 그깟 사과, 누가 가진들 무엇하겠는가! 다른 이들에게 인정받는 것이 그렇게 중요한가? 하지만 명예와 명분을 중요시하는 신들의 욕망은 인간들 못지않다. 아름다움에 대한 인류의 영원한 갈망이 신화 속에도 녹아 있는 것이다. 신과 인간의 욕망이 뒤엉켜 만들어낸 이야기 속으로 들어가 보자. 그리고 나와 우리 주변의 무수한 선택과 그로 인한 결과들에 대해 함께 이야기하여 보자.

신화에서 유래된 용어

파리스의 사과

결혼식에 모든 신이 초대를 받는다. 유일하게 초대받지 못한 불화의 신 '에리스'가 황금사과를 결혼식장으로 던진다. '가장 아름다운 여신에게'라는 글귀를 적어서 말이다. 제우스의 부인 헤라와 아테나, 아프로디테 세 여신이 황금사과에 대한 권리를 주장한다. 제우스는 이 골치 아픈 문제를 인간 중 가장 미남인 파리스에게 결정을 넘긴다. 파리스는 세 여신의 세 가지 조건 중에서 결국 아프로디테를 선택하게 된다. 이 때문에 10년간의 트로이 전쟁이 발발하는 계기가 된다.

이 외에도 세상을 바꾼 '사과' 이야기는 여럿 있다. 구약 성경에 나오는 '선악과의 사과', 스위스 건국 영웅 '빌헬름 텔의 사과', 만유인력의 법칙을 깨우쳐준 '뉴턴의 사과', 내일 지구가 멸망하더라도 한 그루의 사과나무를 심겠다고 말한 '스피노자의 사과', 애플의 신화를 창조한 '스티브 잡스의 사과'까지 그야말로 무궁무진하다.

관련 자료

●

가지 않은 길 (The Road not Taken)

단풍 든 숲 속에 두 갈래 길이 있었습니다.
몸이 하나니 두 길을 가지 못하는 것을
안타까워하며, 한참을 서서
낮은 수풀로 꺾여 내려가는 한쪽 길을
멀리 끝까지 바라다보았습니다.

그리고 다른 길을 택했습니다.
똑같이 아름답고,
아마 더 걸어야 될 길이라 생각했지요.
풀이 무성하고 발길을 부르는 듯했으니까요.
그 길도 걷다 보면 지나간 자취가
두 길을 거의 같도록 하겠지만요.

그날 아침 두 길은 똑같이 놓여 있었고
낙엽 위로는 아무런 발자국도 없었습니다.
아, 나는 한쪽 길은 훗날을 위해 남겨 놓았습니다!
길이란 이어져 있어 계속 가야만 한다는 걸 알기에
다시 돌아올 수 없을 거라 여기면서요.

오랜 세월이 지난 후 어디에선가
나는 한숨지으며 이야기할 것입니다.
숲 속에 두 갈래 길이 있었고, 나는
사람들이 적게 간 길을 택했다고
그리고 그것이 내 모든 것을 바꾸어 놓았다고.

- 로버트 프로스트

돈과 명예, 그것만 버리면 선택은 쉽다

"1000만 달러면 어떻겠소. 현금이든 주식이든 뭐든 당신이 요구하는 방식으로 주겠소이다."

1000만 달러면 당시 환율로는 한국 돈으로 약 100억 원에 이르렀다. 안철수연구소의 10년 치 매출액과 맞먹는 어마어마한 돈이었다.

'대단한 기회다. 하지만, 과연 이들의 제안을 받아들이는 게 옳은 일일까?'

"제안은 고맙습니다. 하지만 우리 회사는 팔 물건이 아닙니다."

'1000만 달러의 1000배를 준다고 해도 안철수연구소를 외국에 넘길 수는 없다.'

"중요한 결정을 내릴 때에는 돈과 명예만 빼고 생각해야 올바른 답을 낼 수 있습니다. 내가 올바른 결정을 내리면 돈과 명예가 따라올 수 있지만, 돈과 명예를 보고 내린 결정은 결국에는 올바르지 못한 선택이었다는 게 드러나게 마련입니다."

10년 뒤 안철수연구소는 창업 이후 처음으로 100억 원의 순이익을 내는 기업이 됐다. 1년 동안 직원들 월급도 주고 연구개발비도 쓰고 사무실 임대비용도 낸 뒤 남는 돈이 100억 원이 된 것이다. 돈과 명예를 무시하고 내렸던 올바른 결정. 그것이 나중에 보상으로 돌아왔다.

– 「네 꿈에 미쳐라」
김상훈 지음, 미래를 소유한 사람들, 2007. 128~143쪽에서 발췌

생각을 키우는 질문거리

1. 내가 만약 파리스라면, 나는 3명의 여신 중 누구를 택하였을까? 그 이유는?

   (= 파리스가 다른 여신을 선택했다면 전쟁을 피할 수 있었을까? 그랬다면 어떤 일이 전개되었을지 상상하여 보자.)

2. '선택'의 기로에서 고민하였던 적이 있는가? 혹은 무심한 선택이 나에게 큰 영향을 미친 적이 있는가? 그 선택으로 인한 결과도 함께 떠올려 보자.

   (가족, 친구, 유명인들의 '선택'에 대한 이야기도 가능)

3. 신화 속에서 보았듯이 '미모(아름다움)'에 대한 인간의 갈망은 시대를 초월한 것인가? 오늘날 우리의 모습은 어떠한가? 아름다움, 즉 외모에 대한 우리의 욕망을 돌아보자.

신화를 통해 들여다본 우리들의 생각 그리고 삶

확실한 선택

김남혁

나는 대부분 선택 없이 되는 대로 살아왔던 것 같다. 대부분이 가족, 친구 등이 선택해 준 길을 따라왔다. 그로 인해 후회한 적도 많다. 예를 들어, 배달 음식을 시켜먹을 때 뭘 시켜먹을지 몰라서 우물쭈물하다가 가족이 시킨 불닭발을 먹고는 너무 매워서 후회한 적이 있다. 그리고 시험치기 전 자습시간에 잘 모르는 부분을 친구한테 물어봤는데 나랑 생각이 달랐다. 난 그 친구가 나보다 공부를 잘하니까 당연히 그 친구 말이 맞다고 생각했다. 그리고 그 문제가 시험에 나왔을 때 나는 그 친구가 알려준 방법으로 풀었는데 그 문제를 틀렸다. 내가 알던 방법이 맞았던 것이었다.

파리스의 순간적인 선택이 트로이 전쟁의 원인이 되었던 것처럼 나도 사소한 선택이라도 내 의견에 대한 확신과 자신감을 가져야겠다는 생각이 들었다. 나 스스로 현명하고 확실한 선택을 하여 후회 없는 삶을 살려고 노력하고 싶다. 그러기 위해서는 나를 좀 더 되돌아보고 나를 믿는 연습을 해야겠다.

외모보다 내면 들여다보기

정지원

오늘날, 우리들은 외모에 대해 신경을 많이 쓴다. 화장품 가게에서는 항상 좋은 피부, 하얀 피부가 될 수 있다며 광고하고, 헬스장에서는 날씬한 몸, 건강한 몸을 만들 수 있다고 홍보한다. 대부분의 사람들이 예쁘고 키 크고, 멋지고, 날씬하고 아름다운 것을 부러워한다. 누가 사귄다고 하면 외모를 보고 '여자가 아깝다, 남자가 아깝다' 하기도 한다. 외모에 대해 신경도 많이 쓰고, 외모로 평가한다. 심지어는 중학생, 초등학생까지도 화장을 하며 외모를 중요시한다.

초등학생들과 중학생들은 일찍부터 틴트, 비비크림 등 화장을 시작한다. 어른들이 '지금은 화장 안 해도 예쁘다', '화장하면 나중에 후회한다' 라고 아무리 말해도 그들은 듣지 않는다. 학교에서 아무리 화장품 검사를 해도 어떤 학생들은 몰래 화장을 하기도 한다. 그만큼 어릴 때부터 외모에 관심이 많고, 외모를 중요시한다는 말이다.

나 또한 외모에 관심이 꽤 있다. 피부가 하얗게 되었으면, 여드름이 없었으면, 키가 더 컸으면 등 외모에 관련된 소망도 많다. 화장은 하지 않지만 하고 싶다는 생각이 든 적도 있다. 화장을 하면 친구들과 더 친하게 지낼 수 있다고 생각했기 때문이다. 하지만 외모로 그 사람을 평가하고 단정 짓는 것은 좋지 않다고 생각한다.

흔히 이렇게 말한다. 외모보다는 내면을 보라고. 이 말은 맞는 말이다. 외모가 아무리 아름다워도 성격이 개차반이거나 마음이 좋지 않다면, 그 사람 주변엔 아무도 없을 것이다. 얼굴은 못생겨도, 몸이 조금 불편해도, 마음이 착하고 내면이 아름답다면, 그 사람뿐만 아니라 주변도 행복하게 할 것이다. 나도 가끔 외모로 '저 사람은 어떨 것이다' 구분하고 생각하기도 하는데 요즘은 그 버릇을 고치려고 노력한다. 그 사람과 친해지기 전에 성격을 단정 짓는 것은 잘못된 행동이다.

미래에는 외모지상주의가 아닌, 내면을 생각하고 중요시하는 세상이 되었으면 좋겠다. 그렇게 된다면 모두가 서로를 배려하고, 이해하며 행복하게 살아갈 수 있을 것이다.

사소한 선택

주민정

나는 태어나기 전부터 선택을 했을지도 모른다. 누구를 부모님으로 선택을 해야 할지 우리가 직접 선택했던 것은 아닐까 하고 상상해 본다. 어려서 말을 하기 전부터도 먹고 싶은 게 있으면 어떻게든 옹알옹알 거려서 선택을 한다. 초등학생으로 거슬러 올라가면 사귀고 싶은 친구를 선택하기도 하고, 나의 기분에 따라 옷을 골라 입기도 한다. 그리고 양말도 기분 좋을 때 신는 것과 기분이 별로일 때 신는 양말로 구분하여 선택하기도 한다. 중학생인 현재에는 어릴 때보다 많은 양의 선택을 한다. 사소한 것이지만 선택하기 힘들어서 친구나 부모님께 물어보기도 한다. 그럴 때는 혹시 나에게 '선택 장애'가 있는 건 아닐까라는 생각이 든다.

어릴 때에는 무얼 선택해도 상관이 없는 경우가 많았지만 지금은 선택의 기로에서 고민하게 되는 경우가 많다. 두뇌의 기억력 저장소에 어릴 때부터 축적된 선택의 결과물들이 들어 있어서 그런지 모르겠다. 머리가 굵어진 만큼 고려하는 것들이 더 많아졌기 때문이다. 샤프 하나도 고민하면서 사는 나는 짠순이가 아니라, 무엇이든 내가 진짜 갖고 싶은 게 무엇인지 분명히 알고 나서 사려는 사람이다.

아직은 14년 밖에 살지 않았지만 20대, 30대, 40대, 노인이 되어가면서 남이 선택해 주는 삶이 아니라 한번쯤은 내 뜻대로 나의 선택을 통해 나만의 인생을 살아볼 것이다. 그래서 그 선택이 남들보다 느리더라도 더 신중하게 생각하고 선택할 것이다. 그것이 사소한 선택일지라도 내 삶을 만들어 갈 것이기 때문이다.

잘못된 선택

원성욱

내가 4학년 때 일이다. 아버지 회사일 문제로 나는 대구에 있는 초등학교로 전학을 가야 하는 상황이었다. 그 당시에 나는 서울에 있는 초등학교에서 4년 동안 학교를 다니며 친하게 지낸 친구들과 헤어져야 했다. 하지만 부모님은 내가 어려서 적응도 잘 못할 것 같고, 친구들과 떨어지기 싫으면 전학을 가지 말고 서울에 남아서 초등학교 생활을 해도 된다고 하셨다. 하지만 어린 나는 부모님과 떨어지는 것이 싫어서 부모님을 따라 대구로 내려왔다.

하지만 내가 선택한 길은 나에게 희망이 아닌 좌절과 절망을 주었다. 처음 전학을 온 순간부터 나의 즐거운 학교생활은 끝난 것이다. 처음 보는 선생님, 처음 보는 아이들, 처음 겪는 낯선 환경. 나는 그때부터 말수가 적어지고 친구들과 어울리는 것도 두려워졌다. 나도 모르는 사이에 아이들 사이에서 왕따(따돌림)가 되었다. 왕따를 당하면서 내가 선택한 '전학'이라는 길을 후회하고 또 후회했다.

내가 만약에 다시 그 당시로 돌아가서 선택을 해야 하는 상황이 온다면, 나는 부모님을 따라 대구로 내려가지 않고 서울에 남아 학교 생활 하는 것을 선택할 것이다.

선택과 후회

김지수

생각해 보면 나는 지금까지 후회되는 선택을 정말 많이 해왔다. 지금도 그런 거 같다. 내가 한 선택을 후회할 때마다 '앞으로는 정말 옳고 현명한 선택만 해야지.'라고 생각하지만 또다시 나중에 후회하는 선택을 한다.

오늘도 그렇다. 오늘 아침에 일찍 일어나 어젯밤에 못한 숙제를 하려고 알람을 맞춰놓았다. 아침에 알람이 두 번이나 울렸는데도 그 순간 너무 피곤하고 자고 싶어 알람을 다 끄고 자버렸다. 결국 오늘 7시 50분에 일어나 밥도 못 먹고 엄청 뛰었다. 정말 지각할 뻔했다.

이런 경험을 되돌아보면 인간은 같은 실수를 반복한다는 말이 정말 맞는 것 같다. 그 순간의 즐거움이나 쾌감을 위해 잘못된 선택을 하는 것이다. 그래서 오늘 또 생각했다. '앞으로는 한 순간의 즐거움을 추구하기보다는 조금 더 먼 미래를 바라보자.'고. 내가 정말 그럴 수 있을지는 모르겠지만 앞으로는 조금 더 현명한 내가 되었으면 좋겠다.

지도교사의 수업 후기

학생들이 아직 경험이 많지 않아서인지 자신이 했던 가장 큰 선택으로 중학교 지망을 많이 이야기했다. 특별한 선택이 기억이 나지 않는 학생들도 많았다. 이럴 경우에는 사소하고 일상적이지만 평소 무심코 하는 무수한 선택지들을 대하는 자신의 태도와 이를 통한 자신의 모습을 발견할 수 있도록 하면 좋을 것 같다. 그리고 자신의 선택은 아니지만 부모님의 선택으로 인해 영향을 받게 된 것에 대해서도 쓸 수 있도록 하였다.

이외에도 학급의 반장 선거나 국회의원, 대통령 선거 등에 나타나는 선택에 대해서도 언급하였으나 학생들이 이에 대한 글을 적어내지는 못하였다. 이외에 아름다움에 대한 인류의 욕망에 대한 부분도 생각거리 3번 문항에 포함되어 있지만 이를 따로 분리하여도 수업해도 좋을 것 같다. 예를 들어, '아이돌과 외모 지상주의', 혹은 '중학생이 생각하는 아름다움의 기준', '내면의 아름다움은 어떻게 발견할 수 있는가'와 같이 연결하여 깊이 있게 다루어도 좋을 것 같다. 이는 그리스 로마 신화 전반에 아름다움의 상징인 아프로디테를 숭배하는 고대의 문화와 연결지어 생각해 볼 만한 주제라고 생각한다.

아킬레우스의 약점

「스틱스 강에 아킬레우스를 담그는 테티스」
페테르 파울 루벤스 / 패널에 유채 / 44.1×38.4cm / 1630-1635 / 보이만스 반 뵈닝겐 미술관

우리가 펼치는 신화 이야기

필멸의 인간은 불멸의 삶을 동경한다. 어떤 영웅이라도 언젠가는 이 땅의 무대에서 사라진다. 트로이 전쟁을 배경으로 하는 호메로스의 「일리아스」와 「오딧세이아」는 필멸의 인간과 불멸의 신들이 뒤섞여 만들어내는 한 편의 블록버스트 영화와 같다. 10년간의 전쟁과 귀향 가운데 수많은 인생들이 전쟁터에서 죽어갔으며 또한 늙어갔다. 물론 신들은 전쟁 후에도 늙지도 죽지도 않고 건재한다.

아버지는 인간이고 어머니는 신인 사람, 바로 아킬레우스이다. 아킬레우스는 인간 중에서는 명성과 명예를 가진 위대한 영웅이다. 하지만 인간인 그에게는 약점이 있다. 우리가 흔히 말하는 '아킬레스건' 이 그에게는 급소이다. 어머니 테티스의 부탁으로 헤파이토스가 만든 갑옷을 입은 완벽한 영웅인 그에게 유일한 급소는 아킬레스건! 이곳에 화살을 맞고는 죽음에 이른다. 화살을 쏜 건 사람(파리스)이지만, 화살을 명중시킨 건 신(아폴론)이다. 인간의 죽음에는 신이 개입한다는 고대인의 사고관도 살짝 엿볼 수 있다.

또 한 가지 재미있는 것이 있다. 그리스 신화의 이야기 구조는 신탁과 그 신탁의 예언이 반드시 성취되는 구조를 가지고 있다. 자신의 운명을 가지고 태어나는 인간들은 그 예언의 굴레에서 벗어남이 없다. 영웅 아킬레우스도 마찬가지이다. 태어나기도 전에 '아버지보다 위대한 자가 된다.' 는 예언 때문에 제우스와 포세이돈은 테티스를 멀리한다. 그리고 테티스는 자신의 아들 아킬레우스가 트로이 전쟁에 나가면 '명예는 얻되 생명을 잃을 수 있다.' 는 예언을 마치 거역할 수 없는 운명처럼 받아들인다. 우리나라의 옛날 이야기가 '권선징악' 의 구조를 가지고 있다면 그리스 신화는 '예언의 성취' 가 아닐까 하는 생각이 든다. 소설의 기법으로 본다면 복선을 적절히 잘 활용하면서 이야기를 재미있게 이끌어가는 것 같다.

아무튼 우리의 영웅 아킬레우스도 치명적인 급소에 화살을 맞음으로 전쟁터에서 쓰러진다. 영웅이 그러할진대 평범한 우리에게 약점이 없을 수 있을까. 한 개 정도가 아닐 것이다. 아킬레우스의 영웅담을 통해 우리가 가진 강점과 약점을 돌아보았다. 누구나 약점이 있음을 인정하자. 그리고 내가 가진 약점을 부끄러워하지 않고 바라볼 용기가 필요하다. 우리는 신의 아들이 아니지 않은가!

신화에서 유래된 용어

아킬레스건

아킬레우스의 영어식 표현이 아킬레스이다. 아킬레우스 신화에서 유래하여 사람의 발뒤꿈치 뼈에 있는 힘줄을 아킬레스건 혹은 아킬레스 힘줄이라고 부른다. 아킬레스건이라고 하면 흔히 치명적인 약점이나 유일한 약점 혹은 급소를 뜻하는 말로 사용된다. '아킬레스건을 건드렸다.' 라고 하면 누군가가 가진 급소 혹은 약점을 찾아냄으로써 상대에게 치명적인 결과를 유도하게 되었다는 뜻으로 해석할 수 있다

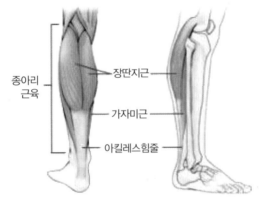

종아리
근육

장딴지근

가자미근

아킬레스힘줄

[아킬레스힘줄의 구조]

– 〈출처〉 네이버 건강백과

생각을 키우는 질문거리

아킬레우스는 당시의 영웅이다. 영웅이니만큼 그의 강점은 매우 많다. 하지만 그에게도 약점이 있다. 나의 장점(강점)은 무엇인가? 그리고 나의 약점이나 빈틈은 무엇인가? 나는 나의 부족한 부분을 어떻게 받아들이고 있는가? 약점을 극복한 나의 모습이 어떨지 생각하여 보자.

나의 장점
남들은 평범하게 생각할지라도 내가 스스로 대견하다고 칭찬하고 싶은 부분은?

나의 약점
이 부분을 건드리면 왠지 모르게 화가 나거나 피하고 싶어질 때와 나의 반응은?

약점을 극복한 나의 모습 상상해서 적기
구체적인 상황으로 표현하기

신화를 통해 들여다본
우리들의 생각 그리고 삶

약점과 장점

김보연

아킬레우스의 약점은 아킬레스건이다. 나도 약점이 있다. 나의 약점은 '할 일을 바로바로 하지 않고 계속 미루는 것'이다.

평소에 사소한 것도 다 미룬다. 그냥 거실에 있는 쓰레기통에 쓰레기를 버리면 되는데 그게 귀찮아서 안 버리는 일도 있고, 폰을 하다가 배터리가 다 돼서 배터리를 다른 것으로 갈아 끼우기만 하면 되는데 팔 한번 뻗는 게 귀찮아서 컴퓨터를 한다. 쿠폰이 여러 개 있어서 하나로 다 합치려고 맨날 다 들고 다니는데 가서 바꾸기 귀찮아서 항상 들고 다니기만 한다. 이건 다 사소한 예이다. 가끔씩은 큰 걸 미룰 때도 있다. 학원 숙제를 안 해가면 혼나는 걸 뻔히 아는데도 귀찮아서 하지 않거나, 집에서 내가 해야 하는 집안일은 가장 쉬운 '닦기'인데 그것마저도 귀찮아서 안 하고 미루는 일이 많다.

그래도 나에게 약점만 있을까? 당연히 장점도 있다. 평소에 친구들이 필기구를 빌려달라고 하면 나는 평소에도 필기구를 많이 들고 다니기에 잘 빌려준다. 다른 애들을 보면 몇 개 있어도 안 빌려주는 경우를 종종 봤다. 그리고 다른 애들은 청소하거나 봉사활동 가는 것을 싫어하는데, 나는 어딘가에 가서 봉사활동을 하거나, 청소하는 것(집 말고 학교)을 좋아한다. 그래서 학교에서 청소할 때도 대충하지 않고 꼼꼼히 한다. 물론 집에서도 닦기만 하면 되는데 가끔씩은 청소기까지 돌릴 때가 있다.

앞으로는 나의 장점을 더 업그레이드, 레벨 업 시켜서 약점은 극복하도록 노력할 것이다.

나의 강점 3가지

강산하

첫째, 숙제는 거의 다 해가는 편이다.

학원에서 내주는 숙제는 급한 일이 아니면 꼭 해간다. 숙제 양이 다른 학원보다는 조금 적은 편이지만 안 해 오는 친구들도 더러 있다. 나는 숙제를 거의 해가서 선생님께 신뢰를 얻는 학생 중 하나다. 하지만 아주 급한 상황이 있을 때도 있다. 시간이 거의 밤 12시가 다 되어 가는데 숙제는 아직 많이 남았을 경우, 어쩔 수 없이 학교 아침자습시간에 조금 하긴 하지만 어떻게든 숙제를 해 가려고 노력한다.

둘째, 잘 웃는다.

친구들과 얘기를 나눌 때, 놀 때도 항상 잘 웃는 편에 속한다. 그런 날 보고 좀 그만 웃으라는 친구도 있었다. 하지만 그렇게 잘 웃는 탓에 나의 좀 무서운(?) 이미지가 좀 없어진 듯하다.

잘 웃는 내 이미지 덕분인지 처음 본 친구와도 좀 시간이 지나면 나를 되게 편하게 생각한다. 그리고 잘 안 웃던 친구들도 함께 있으면 조금씩 웃는 모습을 볼 수 있다. 그래서 난 잘 웃는 것이 나의 강점이라고 생각한다.

셋째, 필기를 잘한다.

시험기간 중 공부할 때 암기하는 걸로 안 돼서 필기를 하면서 암기를 같이 한다. 중요하고 시험에 나올 것 같은 부분은 나만의 공책, 연습장에 정리를 하는 편이다. 요점(내용)정리를 잘해서 초등학생 때 '필기 정리상(?)'을 자주 받은 것 같다. 그 정리한 것을 보고 외우니까 많은 양의 암기 과목도 좀 더 잘 외울 수 있었다.

지도교사의 수업 후기

학생들이 사소하더라도 자신의 강점에 주목할 수 있도록 하였다. 가정에서 주부인 나의 예를 먼저 들었다. 아무리 피곤해도 자기 전에 반드시 설거지를 해두어 다음날 아침을 준비한다는 점을 사례로 들었다.(물론 예외도 있겠지만 대부분 그러하다는 말이다.) 그날 할 일을 미루지 않고 책임감 있게 해냄으로써 다음날을 순조롭게 시작하고자 하는 내 자신이 참 기특하다는 생각도 함께 털어놓았다. 아주 사소해 보이지만 이런 작은 행동을 스스로 칭찬하게 되면 자신도 모르게 마음이 따뜻해진다.

물론 스스로 생각하는 약점도 있을 것이다. 하지만 내가 어떤 사람인지 정확하게 파악하는 것은 성장의 첫단추가 된다.

아킬레스건을 마지막으로 그리스 로마 신화 책쓰기 수업을 마치게 되었다. 어느새 12월의 끝자락에 다다른 것이다. 트로이 전쟁의 한 복판에서 책쓰기 여정을 마무리해야 해서 정말 아쉬웠다. 역사와 신화 사이를 오가는 일리아스와 오딧세이아의 흥미진진한 이야기는 각자가 펼쳐보아야 할 영역으로 남겨두었다. 기회가 된다면 일리아스와 오딧세이아를 학생들과 함께 읽고 이야기 나누는 즐거움을 누리고 싶다.

신화 속 장면 그리기

❖ 협동화 그리기 (4조각 1작품)

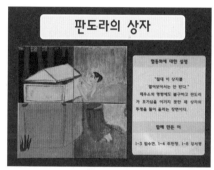

판도라의 상자

아폴론과 헤르메스

신들의 미움을 받은 시시포스

아프로디테에게 시험 받는 프시케

협동화 그리기

준비물 : 캔버스(1조각: 10*10cm), 포스터물감, 붓

1. 3~4명이 한 모둠이 되어 어떤 장면을 그릴지 의논한다.
2. 종이에 스케치한다. (가로 세로 20*20cm 크기의 사각형을 그려주

고 그 속에 스케치한다.)
3. 스케치한 것을 보고 캔버스에 옮겨 그린다.
4. 조각을 나누어 자신의 캔버스를 색칠한다.
※ 모둠원끼리 의논하여 전체적 같은 느낌을 주어도 되고, 각자 다른 색감으로
　표현할 수도 있다.

★ 미니 캔버스 (4조각 1세트) 캔버스의 크
기가 작아서 학생들이 스케치하고 색칠
하기가 쉽다.

❖ 협동화 활동 장면

개별화 그리기 (1인 1작품)

천 년을 살다간 예언가 시빌레

1-4 주 민 정

프시케에게 사랑을 느끼는 에로스

1-6 강 산 하

페르세우스에게 잘린 메두사의 목

1-6 김 지 수

자기 얼굴에 반해 버린 나르키소스

1-8 강 서 영

❖ 개별화 스케치 예시

정지원

그리스 로마 신화 보드 게임

❖ 학교 동아리 축제 때 활동 모습

그리스 로마 신화 보드 게임

준비물: 그리스 로마 신화 보드 게임, 상품(사탕)

1. 3~4명이 한 모둠이 되어 보드판을 세팅한다.
2. 시간이 부족하다면 돈을 사용하지 않고 게임을 진행할 수 있다. 도착하는 대로 '권리증서'를 가질 수 있다.
3. 주어진 시간 안에 가장 많은 '권리증서'를 가지는 사람이 이긴다.
4. 시간 종료 후에는 자신의 증서 중 하나를 정해 뒷면의 설명 글을 읽고 독서 퀴즈 문제를 만든다.
5. 모둠원들이 퀴즈 문제를 맞출 수 있도록 한다.

※ 게임의 승자와 퀴즈 정답자에게 상품(사탕)을 지급한다.

책쓰기 수업을 마무리하며

지도교사 박미진

내가 마치 시시포스와 같다고 느껴지던 때가 있었다. 내가 할 수 있는 한 최대치의 에너지를 끌어올려 겨우 그날의 임무를 완수했다. 하지만 다음날 아침에 일어나면 어김없이 제자리로 돌아가서 전날 했던 수고는 사라져 버리고 없었던 허망함. 게다가 어제의 수고로 인해 나는 이미 너무 지쳐 있다. 그래서 매일매일이 점점 힘들어지는데, 언제까지 이것을 반복해야 할지 모른다는 막막함과 절망감. 1년간 육아휴직을 하며 두 아이를 독박육아(?)로 키우면서 느꼈던 감정이다. 물론 나는 시시포스와 달리 아이들이 주는 기쁨의 순간들이 있어서 그나마 견뎌낼 수 있었다. 내가 시시포스보다 낫다고 생각했던 걸까? 아무튼 그리스 신화는 내게 작은 위로가 되었고, 내 주변의 또다른 시시포스를 발견하는 시선을 갖게 해 주었다.

왜 많고 많은 책 중에서 그리스 로마 신화를 책쓰기 소재로 정하였을까? 시시포스 때문이라고 하면 너무 사소할까. 「그리스 로마 신화」를 부분적인 퍼즐처럼 알고 있었는데, 작은 조각들을 맞춰 큰 그림을 펼쳐보고 싶었다. 서양 문화의 뿌리가 되며 수많은 문학과 예술 작품에 영감을 가져다 준 그리스 로마 신화. 신화가 서양인들의 삶 깊숙이 영향을 미쳤다고 하니 더욱 호기심이 갔다. 신화 속에 감추어진 신과 인간의 욕망을 통해 우리 자신을 살펴볼 수 있으리라는 기대감으로 시작하게 되었다.

나를 제대로 아는 것이 곧 세상을 알아가는 첫걸음이라고 한다면, 우리는 신화를 통해 세상을 보았다고 감히 말할 수 있다. 거대한 세상을 움직이는 인간의 욕망에 직면하게 되었기 때문이다. 우리는 신화를 거울 삼아 우리 자신을 돌아보고 이해하게 되었다. 내가 가진 부족함과 내면의 두려움에 직면함으로써 우리는 있는 그대로의 나를 받아들일 준비가 되었다.

신화는 재미있게 읽혀졌지만 그것을 통해 자신을 발견하는 활동이 처음부터 쉽지는 않았다. 내가 주인공이 되어 나를 탐구하는 것에 익숙하지 않았기 때문이다. 우리는 처음부터 정답은 없는 수업, 하지만 내가 쓰는 것이 정답이 되는 책쓰기 수업을 시작했다. 그래서 지도교사가 생각을 열어줄 수는 있지만 생각을 집어넣어줄 수는 없었다. 학생들이 생각할 수 있도록 길을 터주는 것이 주된 역할이라면 역할이다.

자신의 경험과 생각을 바탕으로 솔직하게 표현할 수 있도록 하였다. 매번 자신의 약함과 부족함에 직면하게 된 것 같지만 실제로는 오히려 단단해진 자신과 만나게 된다. 서툴더라도 마음을 솔직하게 담아 글로 표현함으로써 자신에 대해 긍정적인 마음은 더욱 커진다. 곧 자아 존중감을 키우는데 도움이 된다고 생각한다. 자신에 대한 긍정적인 이해는 곧 세상을 읽어내는 기초가 될 것이다.

어느 덧 1년의 시간이 흘러 금요일 5, 6교시 동아리 시간이 추억과 그리움으로 다가올 때가 되었다. 되돌아보면 무엇을 써야 할지 도통 생각이 떠오르지 않아 힘들 때도 있었을 것이다. 하지만 우리의 금요일은 함께

소통할 수 있었기에 진정 즐거웠고, 나를 돌아보는 시간이기에 행복했다. 앞으로 우리 동아리 학생들의 아름답고 눈부신 성장을 진심으로 기대하며 기원한다.

2016년 겨울
안심중학교 도서실에서